DBA

Daniela Catrileo

Chilco

Tradução

Elisa Menezes

1ª edição

PREPARAÇÃO
Silvia Massimini Felix

REVISÃO
Laura Folgueira
Carolina Kuhn Facchin

REVISÃO TÉCNICA
Valentina Bascur

EDITORA ASSISTENTE
Nataly Callai

DIAGRAMAÇÃO
Letícia Pestana

CAPA
Beatriz Dórea e Isabela Vdd (Anna's)

ILUSTRAÇÃO DE CAPA
Rafaela Pascotto

Alameda Franca, 1050, cj 83
01422-001 — São Paulo — SP
www.dbaeditora.com.br

Dados Internacionais de Catalogação na Publicação (cip)
(Câmara Brasileira do Livro, sp, Brasil)

Catrileo, Daniela
Chilco / Daniela Catrileo; tradução Elisa Menezes. 1. ed.
São Paulo: DBA Editora, 2025.
Título original: Chilco
ISBN 978-65-5826-112-4
1. Romance chileno I. Título.
CDD-823 25-268621

Índices para catálogo sistemático:
1. Romances : Literatura chilena C861
Eliete Marques da Silva - Bibliotecária - CRB-8/9380

A cada ilha espalhada pelo oceano,
às vidas insulares que resistem.

O cheiro acre do mar vai penetrando em mim.
Gloria Anzaldúa

Algo escreve. Não são as palavras que escrevem,
talvez algo sob o concreto armado,
sob os escombros do desabamento.
Os tetos e as paredes não puderam evitar
essa manifestação.
A ruína se manifesta e a linguagem — seu caule —
sai por entre as fissuras ao encontro da página.
Nadia Prado

ARQUIVO DE CHILCO

1. Etimologia / Definição

Da palavra mapuche *chillko*.
Em mapudungun, língua mapuche, significa aquoso, cheio de água.
Chillko, s., fúcsia (arbusto).
Chillko, adj., aguado. ||— *n*, n. ficar aguada (uma fruta).
Ko: água.

I
INVENTÁRIO PRÉVIO DOS ACONTECIMENTOS

OVAGRARIÉES. *Fuchsia grêle.* (Fuchsia gracilis, *Lindl.*)

ARQUIVO DE CHILCO

2. Flora

Chilco (*chillko*) ou fúcsia-selvagem (*Fuchsia magellanica*). Assim se denomina um arbusto sempre-verde com finas ramagens e flores coloridas, apreciadas por pássaros e insetos polinizadores. É originário do sul do continente, cresce entre as zonas central e austral, próximo a afluentes e terras úmidas. Daí provém sua denominação. A variedade típica é de sépalas fúcsia e pétalas violeta com estames sobressalentes, que se destacam entre os galhos verde-escuros.

Há também a variedade *molinae* e a variedade *ebúrnea*, de matizes brancos, rosáceos e púrpura. O fruto do chilco é uma baga comestível de sabor adocicado e cor avermelhada-escura. Sobre seus caules cresce um cogumelo marrom e gelatinoso popularmente conhecido como "*milcao* do mato".

Outros nomes comuns da *Fuchsia magellanica* são chilcón, agrado, lágrima, fúcsia ou brinco-de-princesa.

Hoje em dia, o chilco é cultivado como espécie ornamental; no entanto, suas folhas, seus botões, a casca e as flores foram utilizados durante séculos como corantes de lã e medicamentos, especificamente como cataplasma ou infusão para menstruação, queimaduras, doenças renais, infecções e febre.

O ECO DO MOFO

Nesta casa, a umidade toma conta de tudo. Sinto que seu aroma me devora.

Cada cômodo está impregnado de um cheiro denso, de guardado. Queimo incensos, palo santo, coloco casquinhas de laranja nos cantos. Tenho fontes com água de flórida e patchuli. Encharco os lençóis e as cortinas com colônia barata. Unto minha pele com óleos de erva-cidreira, lavanda, alecrim. Esfrego restos de limão nos braços, nos cotovelos.

E nada, não consigo nada.

Abro as janelas e o manto do Pacífico satura a paisagem. Abro as janelas para deixar o ar fresco entrar, para que a brisa penetre pelas minhas costelas e aproveite para me limpar por dentro. De fora irrompem alaridos de gaivotas, relinchos de cavalos e ondas agitadas que respingam nas falésias. Os uivos dos cães se perdem entre as buzinas dos barcos. Para quem habita uma cidade grande, esses sons poderiam ser sinais de tranquilidade. O silêncio para alguns é sinônimo de ausência humana, com isso se referem especialmente à falta de palavras articuladas, ao mutismo das línguas. Mas neste pedaço de terra cada rumor faz parte de um instrumento. Aqui, cada sussurro desdobra uma melodia complexa que nos instala na primeira fila de um concerto improvisado.

Para além dos sons e dos cheiros que chegam com o vendaval e seu alvoroço, nem a arruda, nem a camomila, nem o cheiro das algas são capazes de me fazer esquecer a pestilência. E isso apesar de ter seguido todos os conselhos da minha mãe awicha, que me disse para conseguir copal, rica-rica, ajo waska, yawar kaspi, yawar wiki, wichilla yutsu, wantuk, wayusa.

Tento, mas não muda nada.

Não importa o que eu faça, o cheiro volta como um eco, uma ressonância, como se os aromas fossem também uma onda acústica que repercute em mim. Às vezes sinto que habito os ínfimos esporos do mofo, feito fruta em decomposição; durmo no reino Fungi que me consome. Estou adoecendo, sinto isso por dentro. Não é coisa de hipocondríaca nem de filha única. Minha garganta está dolorida e o catarro não sai. Meu nariz parece uma torneira, como dizem, irritado de tanto papel higiênico e pomada de mentol.

Estou há várias semanas com esse resfriado horrível que deve ser a peste do nevoeiro alojada no meu sistema respiratório. A umidade entra pelos meus pulmões, afunda meu tórax como se uma aranha tecesse seu lar no meu peito. Sou sua okupação, estou tomada. Chego a sonhar com a bendita aranha, peço por favor que me abandone, e ela responde toda orgulhosa, sem abrir a boca, responde com símbolos na sua teia: "Nem com toda a defumação de wiracoya dos Andes". Era só o que me faltava, uma kusi kusi, uma aranha andina.

Procurei por semanas a origem desse fedor, sem solucionar o mistério. Acaba sobrando até para meu Pachakuti, porque ele odeia tomar banho, mas com esse cheiro não me resta outra opção. Corro atrás dele, persigo-o por toda a casa para metê-lo no chuveiro várias vezes por dia.

Talvez toda esta maldita ilha cheire assim. E escondem isso de mim, cada habitante engole o cheiro em silêncio para me deixar paranoica. Eu me lembro da primeira vez que abrimos a porta desta casa, senti a pestilência e pensei: bom, é um velho casarão abandonado, carcomido, é normal. Uma boa limpeza, um pouco de tinta e pronto. Não tenha medo. Mas não. Não pode ser normal a esta altura. Faz um mês que estou morando em Chilco com Pascale e desde que chegamos tenho persistido todas as manhãs na ilusão de exterminar a umidade. Visto meu uniforme de faxina: um moletom desbotado e uma camiseta de bater. Lavo as paredes com água sanitária, álcool, amônia e um limpador multiuso. Passo pano em cada cantinho, atrás das camas, nas dobras das poltronas, nas folhinhas da costela-de-adão.

Às vezes consigo fazer o cheiro desaparecer por algumas horas, mas ele volta, apesar das minhas estratégias obsessivas.

Já cheguei a pensar que o aroma está dentro de mim, que tenho uma mancha em forma de mofo, enquanto observo um problema invisível do lado de fora. Às vezes acho que passo mais tempo limpando do que existindo, embora essas ocorrências também façam parte do ritual de limpeza. Me pergunto se por acaso tenho alguma habilidade mais desenvolvida do que o resto das pessoas, um micropoder para perceber odores em suas diversas escalas, como quem tem ouvido absoluto ou um paladar apurado. Ou se em vez de um dom é um desvio, um transtorno com os cheiros que me torna hipersensível.

Também me pergunto se essas preocupações fazem parte de alguma intoxicação silenciosa, consequência do amor fatal que desenvolvi pela água sanitária.

WAPI

Toda vez que aparece uma visita aqui em casa, eu a interrogo sobre a questão do cheiro, porque me sinto sozinha nesta batalha e Pascale quase não tem olfato. Mal consegue sentir o aroma de um maço de manjericão ou um raminho de coentro bem debaixo do nariz. E isso me desespera, porque passo o dia todinho perguntando: está sentindo este cheiro? E este?

No final, acabo exausta tentando rastrear algo que parece imperceptível para o resto das pessoas.

As visitas mais frequentes aqui em casa são as mariscadoras, um grupo de mulheres mais velhas que conhecem Pascale e sua família desde sempre. Diria até que antes de sempre. Na ilha, elas são chamadas de Alguinhas Marinhas. Todas me trazem coisas para a casa nova, especialmente meias de lã e comida. Muita comida: pão amassado, tranças de mexilhões, navalhas, cholgas, favas recém-colhidas. E aproveito para puxar conversa com elas. Assim que acabam de se acomodar, menciono a pergunta forçada do fedor. Elas me olham com estranheza, com cara de: "Qual é o problema dessa continental?".

Às vezes acham que estou brincando, até que observam minha sobrancelha interrogativa, e rapidinho respondem que sentem um leve cheiro de guardado, de mofado.

— É só você ventilar mais e caso encerrado. Não é pra tanto, menina Mari — diz uma delas.

Mas ninguém se incomoda, ninguém considera um problema.

— Eu podia morar aqui, olha só essa vista que incrível — comenta outra.

"Venha, eu te convido pra essa maldição", penso.

— A umidade de Chilcowe é assim, ué — explica a última.

Não é só a umidade, o que me interessa é esse cheiro. Me tornei muito irritadiça, e é difícil para mim ficar assim. Nem eu me aguento. Não vim até aqui para ser uma alma penada, embora guarde isso para mim. Quase nunca abro a boca, de modo que no fim das contas engulo essa amargura também. No final do dia, abraço a barriguinha de Pachakuti até adormecer e esquecer por um tempo esse cheiro que me persegue.

Dias atrás, umas amigas de Pascale e de Meli, sua irmã, vieram aqui em casa. Elena e Kalfü; as duas são chamadas de Wapi por causa da banda que têm com esse nome. São também um grupo entusiasta que trabalha na emissora de rádio da ilha, a rádio Lafken. São responsáveis por selecionar a música, elaborar as notícias e controlar os aspectos técnicos. Wapi, em mapudungun, significa ilha, que é outra forma de chamar Chilco.

O engraçado é que aqui quase ninguém diferencia uma garota da outra. Quando qualquer uma delas chega a um espaço público, é cumprimentada assim: "Mari mari,[1] Wapi", "Oi, Wapi", "Que bonita, Wapi". Suas identidades estão fundidas em sua criação coletiva. São uma espécie fervorosa, o coração ardendo num

1. Saudação mapuche. [Esta e demais notas são da tradutora.]

arsenal de ideias. Às vezes testam seus projetos experimentais nos programas menos ouvidos da madrugada. Elas têm uma seleção de musiquinhas eletrônicas, antigos cantos de baleia ou captações do rugido do mar misturado a frases desconexas de poetas mortos de Chilco, embora essas brincadeirinhas não agradem ao gosto geral dos ilhéus, que são um pouquinho mais tradicionais e conservadores com os ritmos e a existência.

O único fã delas é o seu Gastón Antillanca, o faroleiro. Um homem de meia-idade que mal sai do farol e quase não dorme. Por isso é um fiel ouvinte das madrugadas, das ondas e das buzinas dos navios cargueiros. As meninas contam que uma vez ele chegou à rádio perguntando por elas. Comovido por conhecer aquelas que programavam as noites de música, agradeceu e presenteou-as com florzinhas de maconha da sua plantação. Desde esse dia, de tempos em tempos, elas recebem um nobre pacotinho do seu Gastón.

Nestas semanas, aprendi que na ilha todos fazem de tudo. E todos se conhecem desde que nasceram. Talvez essa verdade seja mais sufocante do que a imensidão marítima. Você não pode se esconder, a menos que more no farol. Apesar dessa sentença, a vida de Meli e suas amigas transcorreu com parcimônia entre Chilco e Bahía. Elas saíram para estudar, mas voltaram à sua terra natal. Nunca tiveram dúvida, ao contrário de Pascale.

Aqui a população é composta por crianças ou adultos, seus dois extremos. Não há adolescentes nem gente jovem, estão todos no continente, estudando ou trabalhando. E aqueles que abandonam Chilco geralmente não voltam. Nesse sentido, a ilha não é muito diferente de outros territórios esquecidos. Por isso, Pascale, Meli e as Wapi são uma exceção, um estranho fenômeno de regresso, como as fardelas brancas que voltam para fazer seus ninhos.

Naquela noite, enquanto escutávamos suas histórias de infância e análises sobre a ilha, abrimos várias garrafas de pulko artesanal. Quando vi que elas estavam relaxadinhas, um pouco mais desbocadas, fiz as perguntas rotineiras sobre o cheiro. Pascale pigarreou e arregalou os olhos exageradamente do outro lado da mesa, mas fingi que não vi. Elena, que estava envolta em nuvens de fumaça, entre a maconha e o tabaco, foi rápida ao responder. Sua voz soava um pouco enrolada e áspera por causa do álcool.

— Às vezes, quando pego o turno da madrugada na rádio, gosto de sintonizar emissoras AM. Só por prazer, é como entrar em outra dimensão. Sei que os continentais falam coisas estranhas sobre a ilha, mas, quando você cresce com a fantasia, nada mais te surpreende muito...

— Não começa, Elena, lembra que isto aqui não é seu programa paranormal. A Mari te fez uma pergunta bem concreta — Pascale a interrompeu, tentando conduzir a conversa.

— Não, não. Não vou contar nada paranormal, calma... não vamos assustá-la. — Ela gargalhou. — Eu queria dizer outra coisa. Entre as emissoras, o que mais aparece são programas evangélicos, comerciais de moringa, a planta milagrosa, e propagandas de cura, tipo seitas. Aliás, vocês já ouviram falar da seita do oeste?

— São só rumores, Elena, que eu saiba ninguém nunca viu nada. Alguns dizem que são seguidores de extraterrestres e outras inventam que têm um líder. Mas o povo gosta de especular. Não sei muito mais, mas sempre inventam coisas sobre o oeste. É como o lado escuro da lua, mas na versão Chilco — respondeu Meli, com um tom mais lúcido.

— No fim, todas as nossas conversas sempre giram em torno das obsessões da Elena. Podemos continuar? — disse Pascale.

— Tá bom, tá bom, desculpa. É que eu estou meio dispersa. Queria dizer que estava fazendo isso ontem, brincando com as rádios AM, quando apareceu um anúncio que dizia: "Você consegue sentir mais cheiros que o normal? Seu olfato é mais desenvolvido? O mais provável é que você esteja deprimido! Pode ligar pro número tal tal tal", foi isso — continuou Elena, agitando as mãos com gestos exagerados e a língua meio presa.

— Não estou entendendo, Elena, me perdi na história das seitas — falei, séria, e também um pouco embriagada.

— Mari, o que estou querendo dizer é que eu não sabia que as duas coisas estavam relacionadas, mas me pareceu um fato curioso — ela tentou me explicar, modulando a voz lentamente.

— Tá, mas, Elena, e o que isso tem a ver com o cheiro? — perguntou Kalfü deitada de costas no chão, enquanto brincava com um dos caracóis que tinha entrado pela janela. Pachakuti a observava atentamente do canto, abanando o rabo, esperando sua vez de receber carinho.

— Isso, ué, que talvez a Mari esteja deprimida. Vocês não percebem? É por isso que ela sente mais. Mari, talvez você devesse se analisar — ela disse olhando para mim ao final.

Depois desse comentário, houve um silêncio total, pelo menos durante minutos desconfortáveis.

Senti uma pressão no peito, como se uma pedra afiada de quartzo tentasse sair do meu corpo. Me senti irreal, estúpida, traída. Não devia ter dito nada.

Me analisar? Que diabos isso significa?

Como se eu estivesse inventando esse problema, como se o cheiro fosse um pânico interno. Sabe, Elena, eu não estou deprimida. Talvez um pouco desorientada, um pouco perdida. Sinto que não me encaixo e vocês estão me deixando assim. Às vezes, nem sei do que estão falando. Eu me sinto muito sozinha neste canto do mundo. Não é fácil vir para cá com tanta bagagem, também não é fácil deixar minha família. Nunca estive tão longe, por tanto tempo. Não é só pegar um ônibus e aparecer na casa da minha awicha, tomar um chazinho e pronto.

Há um oceano no meio.

Há uma imensidão de sal.

Há um mar que engole tudo e que está me devorando.

Talvez minhas emoções confusas parecessem um pouco extremas. Mas há dias me sentia desmedida, como se houvesse uma onda dentro de mim, tão profunda que não consegue encontrar seu ponto de fuga. Tive vontade de dizer um monte de coisas para ela, porém mais uma vez não abri a boca. Apenas fico engasgada com os pensamentos furiosos entre a língua e os dentes. Naquele momento, esperavam secretamente minha resposta, inclusive Pascale. O que queriam? Talvez que eu gritasse, que exagerasse, que explodisse ou simplesmente que respondesse. Mas só olhei de volta, apertei os lábios e suspirei.

Pelo resto da noite, fiquei dançando com Pachakuti e me embriagando em silêncio.

Não tenho energia nem força para discutir. Não tenho vontade de ser a citadina intrusa. Nem sequer sou tão impulsiva como antes, estou exausta demais. Antes eu me sentaria no meio do tapete para chorar de pura frustração, tristeza, sufocamento. Mas não mais. Não quero mais.

O que as pessoas dizem me faz duvidar da intensidade da umidade e da minha capacidade de sentir. Elas me fazem duvidar de mim mesma e de tudo que conheço.

Talvez eu esteja deprimida, sim.

O RITO DOS ESGOTOS

Muito antes de me mudar para a ilha, eu morava num apartamento alto na cidade Capital com Pascale, como quase toda a população trabalhadora do país. Espremida num continente que nos dava de comer e, em troca, devorava nossa vida. Trabalhávamos até tarde, entre arquivos, esqueletos e canteiros de obra, para poder pagar o aluguel que subia escandalosamente mês após mês, além das despesas comuns e das contas sem fim. Naquela época, a linguagem geral do país se reduzia a UF, inflação e IPC. Chegávamos ao salário seguinte a duras penas. Diante desse panorama, decidimos sublocar um dos quartos. Morávamos numa torre antiga, ao lado da praça principal da cidade, em pleno Centro histórico. Em ruas de paralelepípedo que ainda conservavam a arquitetura colonial e imóveis que séculos antes a elite *criolla* do país havia mandado construir, deslocando nossos antepassados que foram sobreviver nas reduções[2] das periferias.

Paradoxalmente, nos situávamos num mapa citadino que, com o passar dos anos, havia se tornado um dos locais com

2. Aldeamentos onde padres jesuítas e franciscanos europeus confinavam os indígenas americanos, a fim de convertê-los ao cristianismo.

aluguel mais acessível, rodeado de palácios e galerias de estilo neoclássico em inquestionável abandono. Um ar especular de Europa para os caprichos da aristocracia da época. Enquanto as castas brancas se deslocavam cada vez mais para o oriente, suas mansões em ruínas se tornavam disponíveis para a população subalterna do presente.

No apartamento havia um quartinho que a princípio pensamos em usar como escritório, mas, como tantos outros projetos inacabados, ficou pela metade. No fim, acabamos acumulando um monte de tralhas. Àquela altura, o cômodo parecia um museu de objetos perdidos, só que sem a elegância de um catálogo. Placas de rua e de ônibus que encontramos vagando pela cidade, móveis jogados no lixo que poderiam ter uma segunda vida, brinquedos velhos sem pilhas esperando para serem ressuscitados, latas de biscoito, frascos de vidro que serviam para guardar outros objetos inclassificáveis. Qualquer objeto era uma possibilidade, mesmo que estivesse em repouso.

Um sofá-cama, roupa de inverno no verão, roupa de verão no inverno.

E aqueles vidros polidos pelo mar que parecem cristais de sal.

Nada organizado ou classificado, tudo amontoado.

Diante do panorama econômico desolador, decidimos arrumar o quarto para sublocá-lo a outra pessoa. Na Capital, de um dia para o outro, ficou impossível se sustentar sozinha ou comprar o conto da independência, porque o salário ia embora nas contas básicas, alimentação, aluguel. Também não éramos pessoas interessadas em acumular grana ou luxos, apenas demos continuidade à maneira como nos criaram; sobrevivíamos porque não havia outra opção.

Quase todos os nossos amigos compartilhavam o que, forçosamente, nos acostumamos a chamar de lar: um pedacinho de apartamento ou uma casa subdividida em quartinhos para os novos moradores do bairro. Éramos famílias ambulantes, disfuncionais, em permanente improvisação. Digamos que montamos comunidades com o objetivo comum de resistir à especulação imobiliária e à gentrificação voraz. O lema do direito à habitação nos parecia uma ficção dos anos 1960, uma utopia. Tudo soava muito justo e bonito, mas estava a anos-luz do nosso presente. Ninguém tinha casa própria. As experiências daqueles que podiam ter uma casinha digna haviam ficado para trás. Naquele momento, nos contentávamos em ter um teto, um fogão com gás suficiente e um colchão livre de percevejos.

Publicamos um anúncio de aluguel na internet e, poucos dias depois, chegou Laura, uma artista e DJ de música tecno industrial que nunca dormia em casa. Ela vivia viajando por um monte de países e morava em nosso apartamento por puro capricho artístico. Dizia que tinha estudado composição musical e artes plásticas em alguma escola criativa do mundo, já não me lembro exatamente onde. Obviamente, alguém como ela poderia morar onde quisesse, mas escolheu habitar as vísceras do centro e criar mapas sonoros com os esgotos da cidade. Pelo menos era isso que ela sempre repetia. Estava trabalhando numa obra que buscava vincular o som das velhas tubulações e dutos da cidade Capital como uma espécie de idioma vernáculo urbano. O trabalho me pareceu curioso, embora no fundo eu desconfiasse desse tipo de projeto. Ou melhor, desconfiava de pessoas como ela. Sobretudo porque ela falava com a gente com uma falsa condescendência, como se não fôssemos capazes de compreender o que explicava sobre sua obra, embora ela mesma não conseguisse explicá-la por completo.

Apesar de ter ouvido sua música várias vezes, intuía que Laura na verdade era uma espécie de pesquisadora disfarçada. Tinha mais cara de etnógrafa do século passado do que de artista. Talvez fosse ambas as coisas, vai saber. Às vezes eu a imaginava como uma versão contemporânea de Martín Gusinde, gravando a gente com seu Tascam como seus antepassados haviam feito com cilindros de cera. Brincando de ser aventureira, de ser nossa salvadora. Ela poderia ser a Barbie profissões se quisesse. Aprendendo as línguas que, apenas um século antes, suas avós tinham tentado cortar de nós.

Ela fazia muitas perguntas sobre nossa origem, nossos costumes ou ritos familiares. Coisas desse tipo, com essas categorias, com essas denominações. Como se o auge positivista caísse de novo feito uma armadilha artística experimental nestes tempos. No começo, eu lhe mandava um monte de indiretas, do tipo: "Você vai dar um curso de doutorado sobre nossa vida, por acaso? Estamos na bibliografia da sua tese? Quanto você vai nos pagar por apresentação?".

Mas ela nunca entendia minhas piadas. Ou fingia que não as entendia. A hipocrisia era mais confortável.

Às vezes, ela nos interrompia sem nenhuma delicadeza, sem esperar maior intimidade. Não acho que fosse simples falta de jeito; a desculpa da ignorância não é suficiente. Pelo contrário, fazia parte da sua linhagem, da sua forma de perceber o mundo, por mais progressista que ela se apresentasse. Pelo menos nos encontrávamos pouquíssimas vezes por mês em casa e ela nunca atrasava as contas. Afinal, era a única coisa que importava, dadas as nossas precárias condições econômicas.

Tudo podia ser suportável, eu não tinha outra opção. Repito, tudo podia ser suportável, exceto o que vem a seguir. Um dia a surpreendi gravando uma conversa às escondidas. Eu tinha acabado de preparar um chá para mim na cozinha, e ali, atrás do biombo que dividia a sala, Laura e seu Tascam, como se fossem um único artefato, um ciborgue antropólogo do presente, gravavam um diálogo entre Pascale e seu pai. A conversa variava de língua, entre o mapudungun e o chilquenho, às vezes com risadas, às vezes com um tom mais severo. Nem mesmo eu me atrevia a interromper aquele espaço íntimo; simplesmente ouvia a cadência de suas vozes ao longe.

Fiquei com muita raiva. Gritei uns quantos insultos e joguei o gravador dela no chão. Não pensei, fui inundada pela ira. Ela pediu desculpas, disse que era por curiosidade, que não usaria nossas vozes em nenhum dos seus trabalhos.

— É melhor mesmo — falei de forma ameaçadora.

Porém, nunca soube se aquela promessa era verdadeira. Paramos de nos ver quando os protestos contra as imobiliárias começaram. Um dia ela simplesmente foi embora do país. Mudou-se para Nova York ou alguma outra cidade tipo essa. Paradoxalmente, ela foi embora justo quando o rumor, o sussurro do território, resolveu falar em tumultos. A cidade inteira era uma língua de murmúrios, gritos e cantos.

Pegou suas máquinas estranhas, uns aparelhos saídos de um manual futurista, e deixou um envelope com dinheiro. O suficiente para pagar o mês. Nem mais nem menos.

Nunca entendi por que as pessoas como ela têm tanta dificuldade em perguntar, dialogar ou pedir permissão. Supostamente elas estudam, leem teorias subalternas e tantas outras coisas, mas é como se nunca conseguissem compreender minimamente como tratar as pessoas. No fundo, continuam nos vendo como uma peça de museu, uma anedota turística ou, pior ainda, como sua salvação espiritual. Temos que corresponder às suas fantasias ancestrais, como se o pensamento e as transformações estivessem de fora dos nossos povos. Vai ver, se você não carrega isso cravado no corpo, na memória, nunca, nunca poderá saber como é. O fato de alguém ensinar não significa que você vai aprender.

Quando Laura saiu do apartamento, Pascale encarou o assunto com mais leveza. De alguma forma, vinha confrontando essas questões há mais tempo. Para mim, ao contrário, foi extenuante. Depois da irritação e da raiva, fiquei triste, arrasada. Como se uma certeza obscura emergisse do fundo do poço e me afundasse em suas águas subterrâneas. Aí surgem as culpas e os cenários imaginários, onde decido ceder e não me aventurar mais na ferocidade ou na língua rápida. Acho que, de certa forma, eu me pego agindo como minha awicha e esse reflexo me perturba. Pascale sabe disso. Já são muitos anos convivendo entre seus humores e os meus. Misturamos nossos enredos com o relato familiar, as lesões que se agarram às dobras da pele e o amparo do riso como ideologia.

Daquela vez, como se tivesse cem anos a mais de experiência, Pascale enxugou minhas lágrimas, beijou meus ombros e preparou um copinho de água com açúcar e erva-cidreira. "Pra tristeza", disse. E eu me senti pequenininha, como uma bactéria que oscila diante do microscópio e precisa do movimento das suas irmãs bactérias para confirmar sua existência. Não no sentido de inferioridade, mas com leveza suficiente para cair. Com seu gesto, percebi que havia galhos macios de um arbusto frondoso pronto para me receber quando eu fosse a pique. Não precisava vestir o traje de awqalla,[3] de weichafe,[4] de indomável. Pra quê?

— Calma, Mari, não chora. Sabe, pensando bem, a gente devia ter inventado uma música na língua do esgoto indígena, como uma pegadinha de despedida pra aquela Laura — disse Pascale em tom de riso.

— E o que diria a letra nessa língua? — Enxuguei as lágrimas e respondi com o rosto inchado, tentando parar de chorar.

— Sei lá, mas algo que ela tivesse de passar anos tentando traduzir. Imagina só, ela até publicaria o *Vocabulário dos esgotos* da DJ pesquisadora Laura, como os missionários colonos ou como os avós dela, que a esta altura são a mesma coisa.

— Uma mistura de mapudungun, quéchua e aymara com uma base de tecno. Podíamos ter criado uma bandinha musical. Talvez a gente tenha perdido a oportunidade da nossa vida — disse, brincando, muito mais calma.

— Tudo por causa da sua personalidade "aborígene", indomável, Mari. Você podia ter dito a ela que na sua "tribo" era um ritual de amizade. — Pascale mudou o tom para imitar minha

3. Do quéchua, significa "pessoa que caminha causando terror".

4. "Guerreiro", em mapudungun.

voz e continuou: — "Olha, Laura, sim, sim, isso de jogar os objetos de outra pessoa pela janela: no meu povo é uma petição ritual protocolar pra você ser minha amiga". Tá vendo? Essa resposta teria sido mais inteligente.

— Entendi. Então o problema é minha personalidade. Imagina que até isso tem uma resposta pseudoancestral. Eu podia ter dito que era pura herança da awicha Flor. Agora estou com vontade de dizer a ela: "Olha, Laurita, tá tudo certo com a sua arte, mas no fim das contas o que importa é que seus avós mandaram matar nossos avós. Sim, eu sei que não foi você diretamente, mas você não se beneficia com essas mortes, com esses roubos? Então, devolve as terras, Laurita".

— Seria uma boa resposta — exclamou Pascale com entusiasmo, apontando o dedo indicador para mim, como se eu tivesse acertado em cheio. — Mas não se sinta culpada, já foi. Só te dou um conselho pra próxima vez, Mari. Se você quiser jogar alguma coisa pelos ares, melhor achuntar direto na janela, tanto incômodo deve ter consequências maiores — disse, movendo a mão esquerda como se lançasse um aviãozinho de papel imaginário pelos ares.

— Você sabe que a palavra "achuntar" vem do quéchua? Chunta é o nome de uma árvore que era usada pra se fazer flechas. Por isso, *achuntar* é acertar. As palavras cancha, chascona, callampa, huincha, yapa[5] e um monte de outras também vêm daí.

---

5. Respectivamente: espaço preparado para a prática de esportes (como campo de futebol ou quadra de tênis); despenteada/emaranhada; cogumelo (a palavra também é usada vulgarmente para designar "pênis" e pode significar ainda algo de pouco valor); cinto de lã ou algodão; brinde ou gratuito/de graça.

— Eu adoro a palavra yapa, é bonita, gosto de como ela soa. Sinto que tem um gostinho de infância. Aquele pouquinho a mais, a sobra com carinho. Comida de yapa, doces de yapa.

— Viu só? Nem tudo é mapudungun.

— Olha, Mari, não se aproveita disso pra começar a competição. Longe de mim te ofender, mas você já sabe. Meu povo é maioria — disse Pascale, piscando para mim.

— Epa, epa, pera aí. Podem ser maioria aqui neste país, ok... mas não no continente. De qualquer forma, não é porque estão em maior número que vão vencer fragmentados. Quem venceu sozinho? Precisam de alianças não separatistas.

— Feley,[6] feley. Tá certo. Eu te concedo a estratégia política da articulação.

— Algum motivo você tem pra estar comigo, né... Ou não? Mas é melhor a gente voltar à batalha original.

— May,[7] vamos voltar ao que importa. O que diria o refrão da nossa música?

— Já sei, já sei... imagina, uma base favela-bachata-trap com uma letra que começa assim: *ser artista não te faz menos branca, amor.*

6. "Está bem", em mapudungun.

7. "Pois bem", em mapudungun.

UM RITMO EM VOCÊ

Naqueles tempos de vida capitalina, Chilco era o lugar para onde eu viajava algumas semanas por ano para acompanhar Pascale, porque era sua terra e seu mar natal. No entanto, aos poucos, algo começou a mudar. Toda vez que chegávamos à ilha, eu me sentia culpada. Esse sentimento crescia entre minhas fissuras secretas. Eu o percebia com mais força quando via suas mãos se perdendo nas ondas, tocando a água como se estivesse fiando a espuma. Quando o oceano surgia diante do seu corpo, era como se Pascale nunca tivesse desejado atravessar a ponte que ligava esta vida à dos outros. Então, eu era invadida pela ideia de ser a responsável por aquela distância, de ser quem mantinha Pascale no continente, inventando uma vida fora do território flutuante desta ilha.

Quando isso me passava pela cabeça, rapidamente eu tentava pensar em outra coisa, porque também queria aproveitar o entorno insular e descansar dos problemas da Capital. Sem amarras para ficar, apenas curtas estadias a cada verão. Esse sentimento de culpa chegava como um raio, sabedoria dos ancestrais curandeiros yatiri. Isso não acontecia no dia a dia, mas sim subitamente, quando regressávamos a este pedaço de terra mergulhado no oceano e aqueles olhos vidrados surgiam contemplando a chegada e a partida dos barcos.

Pascale nunca dizia isso em voz alta; na verdade, nunca diria nada que me fizesse sentir culpada, muito menos desconfortável. Com a gente era piada o tempo todo, diálogo após diálogo, mas sem ofensas de verdade. Em Chilco, porém, era possível ver sua dor, a tristeza parecia palpável. Revelava-se no seu olhar, ou ao menos era o que eu percebia do meu canto. E eu, em vez de lhe perguntar sem rodeios se queria voltar, contava algumas piadas para mudar seu humor e espantar o fantasma da saudade.

Sempre me saio melhor pela tangente. Tenho um talento inato para desviar dos assuntos, até que as pessoas se esqueçam da ideia original. É só uma questão de perguntar com interesse sobre os pequenos detalhes, fazer comparações com outras histórias ou entrelaçar o relato com alguma lembrança comum. Depois vem o exagero com as mãos, as caretas, os gestos. Posso até fazer vozes diferentes e tenho um repertório de imitações mais ou menos engraçado, dependendo do público. Mas, às vezes, as pessoas são difíceis.

Pascale, por sua vez, chora e ri mais, como se as duas expressões fossem a mesma coisa. Embora seja eu quem faz as brincadeiras lá em casa, não sou de cair na gargalhada. Pelo contrário, sou eu quem sempre chora por tudo. Talvez este seja meu mal, contagiar, não aproveitar. A questão é que aplico a piada rápida como estratégia para evitar falar sobre o incômodo.

Nunca é tão consciente, poderia dizer que é uma forma que meu corpo adota para se proteger.

Talvez para não se aprofundar no que dói.

Eu agia assim com Pascale para não ouvir suas histórias tristes ou seus lutos do exílio, porque me derrubavam. A estratégia era o riso forçado como o inverso do lamento.

E, para mim, tudo estava relacionado ao continente. Eu gostava da ideia de vir de vez em quando à ilhazinha, mas não para ficar, não para habitá-la. Havia algo que sempre entregava ou apontava minha condição de turista, de intrusa teimosa, como se me faltasse no corpo um gesto cuja ausência me acusasse e enfatizasse esse não coincidir com o perfil insulano. Do mesmo modo, vir para cá me proporcionava outras perspectivas, sobretudo a de me aproximar da complexa experiência do desenraizamento. Ao longo da vida, conheci muita gente originária daqui ou seus descendentes. Ou descendentes dos primeiros colonos que migraram do continente. Muitos fugiram de Chilco, mas ao mesmo tempo morriam de melancolia. Nunca encontraram seu lugar, tinham a fuga impregnada na carne. Escreviam canções, poemas, faziam filmes sobre este canto do mundo. Era sempre a mesma coisa na boca dos chilquenhos: a terra perdida, a memória viva, a migração forçada para sobreviver.

Eu não poderia mentir, não me parecia em nada com eles, ainda que os imitasse.

A princípio eu não tinha consciência, não havia percebido as diferenças, mas Pascale se encarregou de confessar isso alguns anos atrás. Mencionou o assunto naquele instante do amor em que brota a vontade de contar segredos ou lembranças tristes da infância. Acho que esse é o momento em que nossas feridas deixam de ser uma história individual e começam a se encontrar. Como se, entre o toque e a aspereza do desejo, a transparência surgisse na fronteira. Você fecha os olhos, os dedos se movem tateando outra pele, afunda a mão na carne alheia, um véu cai como uma trepadeira e nos desnuda.

— Dá pra ver que você não é daqui, você é muito continental — Pascale disse rindo.

Antes de responder, mergulhei entre suas coxas de forma brincalhona, mordi sua pele como uma pequena vingança, pois não conseguia entender que aquilo fosse real. Então eu disse:

— Sério? Então tá, mas me diz, dá pra ver onde?

— Ei! Sem morder com força. Caramba, Mari, em muitos detalhes. Mas promete que não vai ficar brava, hein.

— Ahh, como se fosse tão terrível. Pode falar, não vou ficar emburrada, eu prometo.

— Bom, por exemplo, no seu jeito de falar. Seu jeito de andar, de rir. Tem um ritmo em você que não pertence a nós que somos daqui.

Disse isso com certa solenidade, como se tivesse tirado de um manual de antropologia. Imaginei aquelas crônicas de antigos etnógrafos com títulos do tipo "Famílias, costumes e usos dos índios chilquenhos". Depois dei uma risada forçada, pois não entendi muito bem o que Pascale quis me dizer naquele momento. Ri só para evitar que dissesse: "Sabia que você ia ficar mordida".

Ah, um *ritmo*. Pensei ou disse.

Mas o que é um ritmo nas pessoas?

Seria o movimento, o pulso, a dança do corpo?

*

Acho que, em vez de acreditar no que Pascale me falou, comecei a me comparar. Eu me olhava no espelho e falava comigo mesma. Comecei a observar como as pessoas que eu conhecia conversavam.

Aos poucos, fui me sentindo uma estrangeira, mas também na cidade. Não me encaixava nem com os chilquenhos nem com os capitalinos.

Então, o jeito, o gesto, a careta que nos separa se transformou em oceano.

CHILCO É MEU ÓRGÃO AUSENTE

Antes de conhecer Pascale, eu achava Chilco um lugar estranho e triste demais para se passar férias. A ilha tinha mais lanchonetes do que escolas, bibliotecas ou postos de saúde. Além disso, não era tão grande. Em poucos dias era possível visitar as principais atrações, embora sempre haja recantos furtivos. Essa é a diferença entre os setores leste e oeste. Em Chilco Leste ficava o centro urbano, onde se encontravam algumas ruas pavimentadas, um antigo farol, um centrinho clássico com sua praça, uma rádio, uma enseada e algumas estátuas sem cabeça. Chilco Oeste, por sua vez, era pura selva, floresta, morros, praias e vegetação exuberante. E frio, muito frio.

Eu já tinha visitado a ilha várias vezes com minhas amigas muito antes de Pascale existir na minha vida, mas a cada viagem éramos atravessadas por uma sensação amarga, difícil de explicar. Conversávamos sobre isso, mas não conseguíamos articular nada muito coerente. Não sei, era como se a densa neblina chegasse ao fundo dos nossos pulmões e uma profunda dose de melancolia corroesse nosso pescoço. Não é que eu não gostasse, pelo contrário, me causava certa estranheza, uma pontada no estômago, até. Era algo como um pressentimento, embora com pesar.

Será isso o desassossego?

Lembro-me de examinar com a palma das mãos a textura dos velhos casarões, a porosidade da madeira, a pintura descascada, as telhas soltas e inertes. Eu visitava os empórios de produtos que já não existem: botões de cerâmica, metal e vidro com figuras de animaizinhos ou brasões de países inventados, panos de macramê cru e tecidos rendados. Bonecas de lã, barcos de lata e soldadinhos de chumbo. Lojas com cruzes de ramos de palqui, pequenos incensos, trevos de quatro folhas entre tinas de porcelana.

O caminho impregnado de terra avermelhada e lamacenta que adere implacavelmente às galochas. Um mundo em miniatura com chuva, vento, neblina e fumaça de lenha em excesso. Talvez fosse o manto cinza sobre os objetos. Tudo tão envolto pela névoa que sufoca. A floresta e sua mata cerrada. E um oceano imenso de onde não se via nada além de água salgada e pequenos barcos desbotados flutuando nas ondas que nos empurram de volta.

Não dava para ignorar a sensação de confinamento, apesar da vastidão do mar.

Eu entrava nos bares à tarde, onde as pessoas pareciam estar matando tempo, cada uma com seu copinho de chichón ou de cerveja na mesa. Ali, um monte de homens velhos com casacos pesados azul-marinho ou pretos, enfeitados com chapéus e botões dourados. Suas camisas brancas encardidas pela procrastinação e seus suéteres de lã crua com os pontos esgarçados pelo uso. Quem olhasse rapidamente o panorama veria também ponchos e botinas empoeiradas.

Entrar ali era como adentrar os arquivos de Raymond Depardon ou Armindo Cardoso, uma coleção de fotografias que registravam viagens por pequenas localidades ou aldeias do Sul, numa época de sonhos. Eu conhecia aquelas fotos por causa do trabalho no arquivo do museu, tudo graças a Leila. Sem seu incentivo, eu nunca as teria visto, porque aquelas cenas estavam veladas neste país, como se contassem uma história que se quer esconder, negar ou distorcer. Ao observá-las, sentia que todos os homens deste território saíam daquelas imagens, seus rostos, seus olhares, suas mãos reverberavam em mim. "Além da comida, dá pra aprender muito sobre um país catalogando em silêncio com luz nobre", Leila me disse certa vez. Nunca esqueci essa frase, porque podia explicar questões tão profundas quanto desconcertantes, em especial para uma migrante como ela. Leila era minha única amiga no museu, companheira de prateleiras, luvas de nitrila e poeira. Já falei poeira?

Na lanchonete favorita, sempre havia pouco movimento, exceto pelos dedos amarelados de nicotina e pelas mãos fortes esculpidas pelo trabalho, cuja dança no ar traduzia seu próprio idioma de fumaça. Olhos serenos, afundados nas rugas. Olhos negros tão negros. Corpos curtidos pelo sal e pelos anos. De língua rápida e cantarolada entre eles, silenciosos com os estrangeiros.

Naqueles tempos eu ouvia suas histórias fantásticas, prestando especial atenção ao sotaque, às línguas manchadas por outras línguas, e desenhava seus perfis em guardanapos improvisados. Eles tinham um talento natural para falar em círculos, avivar a conversa com piadas rápidas e histórias familiares. Os fantasmas, o amor e o diabo eram temas comuns.

Às vezes ficavam mudos durante um tempo, até que alguém, sem nenhuma cerimônia, metia a colher. E então recomeçavam, sem tirar a atenção das peças de komikan, das cartas ou das damas. Outras vezes, a interrupção do mutismo acontecia quando a porta se abria sozinha. Alguém diria que pela brisa ou pelo vento, mas eles faziam o sinal da cruz e diziam: "Chegou o diabinho. Sai, wekufe!".[8]

As senhoras do bar pareciam mais solitárias. Preferiam olhar pelas janelas, escrever cartas ou ler jornais velhos. Cumprimentavam-se com um gesto quase imperceptível, movendo a cabeça verticalmente e levantando o queixo. Em seguida, continuavam concentradas em exercitar os olhos. Talvez estivessem esperando que algum conhecido entrasse por aquelas velhas portas de madeira. Ou que suas filhas voltassem. Ou seus amantes. Ou seus mortos.

Nas paredes repousavam calendários vencidos, fotografias de mulheres de biquíni e espelhos para fantasmas. Alguns enfeites empoeirados, como conchas ou barcos engarrafados. Uma televisão sempre ligada transmitindo futebol e notícias, só que sem som. Apenas imagem após imagem, acontecendo, acompanhando. Uma bola que se movia de um gol ao outro e pequenos homenzinhos defendendo o impossível na vastidão do verde. Ou apresentadoras emudecidas que modulavam acontecimentos distantes, cujos subtítulos sempre incluíam as palavras "medo" ou "polêmica". Eu sentia vergonha de que a TV fosse um aparelho de divulgação capitalina, tudo que se

8. Espécie de espírito ou força do mal na mitologia mapuche.

exibia estava relacionado a uma pátria distante, cercada de muros, muito longe desse *maritório*.

Por isso, o mutismo era uma escolha consciente, pois o som desses bares velhos sempre vinha da rádio Lafken, que, ao contrário das notícias na TV, informava o que acontecia na ilha e não na cidade Capital. As inclemências do clima, os cortes de luz, os acidentes náuticos, as ruas alagadas, os naufrágios. Entre valsas, felicitações de aniversário e músicas em inglês, como uma de Gilbert O'Sullivan que eles ouviam como um mantra: *To think that only yesterday, I was cheerful, bright and gay, Looking forward to who wouldn't do, The role I was about to play, But as if to knock me down, Reality came around.* Enquanto alguém ao fundo soltava um grito e voltava a mergulhar em seu copo sem fim.

As pessoas nesses bares olhavam para a gente como o que éramos: turistas, ainda que sem tanto incômodo. Não eram abusadas nem simpáticas. Existia, porém, uma convivência equilibrada entre aqueles que tinham permissão para ouvir. E esse consentimento tácito de coexistência se baseava no fato de que não éramos um grupo de gringas ou patricinhas impertinentes que fingiam ser gentis. Não éramos tão diferentes deles, a não ser pelo *ritmo* e, é claro, pelo oceano. Mas isso também se devia ao fato de que não habitávamos a ilha, não interrompíamos seu cotidiano nem transgredíamos seu inferno grande. Não tínhamos a intenção de roubar suas vidas ou suas histórias. Éramos simplesmente um grupo de desconhecidas que provavelmente não veriam de novo. Enquanto isso, eles desfrutavam de ter espectadoras, alguém que os escutasse, mesmo na cumplicidade do silêncio. A lei do bar era que quanto maior o número de copos, mais alto falavam, como se estivessem montando uma peça de teatro ou um happening apenas para nós e algumas gaivotas desorientadas que entravam na sua casa feito cães. As aves olhavam, bicavam algumas migalhas do chão e logo voltavam a voar céu acima.

Então, se a ilha parecia ser semelhante a qualquer outro vilarejo com as entranhas cheias de neblina e o espinhaço coberto de espuma, qual era a diferença entre esta terra e qualquer outro vilarejo abandonado no mapa? Desde pequena, eu ouvia lendas populares sobre a ilha: abduções alienígenas, experimentos científicos raríssimos, histórias de resistência indígena e avistamento de animais estranhos. Toda vez que alguém mencionava Chilco era para se referir a sua peculiaridade extraordinária. Algo inenarrável, diziam. Todos os mitos, todos os exotismos num só lugar. Havia um monte de histórias relacionadas a este território, campos magnéticos, bruxarias, comunidades secretas.

Não sei, talvez fossem respostas diante do desconhecido, do inexplicável.

Depois que conheci Pascale, essa percepção mudou radicalmente.

Aprendi outra história, que nunca me ensinaram no colégio e muito menos em casa. Entendi que todo o palavrório sobre a magia desta terra era ignorância, fetichismo, delírios new age. Ou, pior ainda, eram estratégias de invisibilização. Não é que tudo fosse mentira, coisas estranhas acontecem com frequência, mas o relato sempre dependia do ponto a partir do qual a existência era percebida.

Pouco a pouco, meu vocabulário começou a coincidir com palavras como espoliação, colonialismo e genocídio. Chilco tinha sido a última ilha a ser colonizada. Conseguiu a independência total da Coroa e nunca se submeteu ao sistema de encomendas.[9] De rebelião em rebelião, defendeu-se dos continentais e das suas estranhas formas de justiça. Em consequência disso, tornou-se um território marcado por massacres, repressão, encobrimento, imposição e conquista, e talvez isto vocês já saibam: a instalação de uma oligarquia. A insurreição pode ser incômoda para o relato da ordem. O dissenso assusta aqueles que escrevem a história dos Estados. Por isso, parecem optar pelo menos pungente: riscar, apagar, esquecer, mentir.

Tentei compreender a dor, embora ela me fosse estranha.

Depois disso, nada mais me parecia tão estranho.

Chilco era um corpo que rasteja, um útero ausente, um braço que falta.

Chilco era um órgão que não cresceu em mim e, de repente, me tornava incompleta.

---

9. Sistema jurídico implementado pela Espanha nas Américas no início do século XVI, permitindo a um encomendero a exploração do trabalho indígena em troca de sua evangelização. Esse sistema também foi implementado no Brasil durante o período colonial.

ALIENÍGENAS ANCESTRAIS

— Então me diz, o que teria acontecido se eles nunca tivessem sido forçados a se submeter? — perguntei uma vez a Pascale.

— Bem, isso é o que nos cabe imaginar de forma responsável — respondeu com um tom sério, como se fosse uma versão lafkenche[10] de Malcolm X.

— Claro, talvez tivessem chegado à Lua antes — falei, brincando, com uma careta debochada.

— Você está querendo dizer conquistadores espaciais, por acaso? — disse Pascale com mais desenvoltura, rindo enquanto trançava o cabelo.

— Não, claro que não, conquistadores não, isso nunca. Pense em inventores emancipados que chegam ao espaço, como uma Nasa, só que sem gringos. Algo como uma Nasa indígena da libertação. Mais internacionalista do que nunca, porque é interespacial, sacou?

Caímos na gargalhada imaginando as possibilidades das viagens espaciais com astronautas indígenas que convocavam a rebelião galáxia após galáxia. Naquela noite, cheguei a sonhar com um projeto desse tipo.

---

10. Subdivisão do povo mapuche que habita a região costeira do Chile.

Nas imagens do sonho, eu aparecia no continente. O território era uma simulação do bairro da minha mãe awicha Flor. Pelas ruas havia uma festa popular com bailes tinku que se misturavam a outras danças. Ao fundo, apareciam muitas bandeiras wiphala.[11] Rios de cores fluorescentes marchavam em coreografias de diabladas, kusillo, sayas, caporales. Chapéus, pompons, fitas e plumas. Fúcsia, amarelo, verde matizavam a paisagem com suas cores vibrantes.

Entre os instrumentos de sopro e percussão, com o som dos címbalos e o brilho do bronze, alçavam-se altares de adoração sobre os ombros das pessoas. Nas mãos, o povo segurava velas acesas que eram guardadas em cogumelos orelha-de-pau. Em vez de santos, cristos e virgens, nos altares se erguiam esculturas de astronautas indígenas e suas naves, que pareciam templos piramidais. Os trajes das figuras espaciais não eram macacões intergalácticos brancos ou metálicos, mas sim túnicas e mantos banhados a ouro com incrustações de pedras preciosas, como retratos do império inca. Sobre a cabeça, fazendo as vezes de capacete, levavam mascaypacha[12] que lhes cobria o rosto, com exceção dos olhos que estavam protegidos por óculos semelhantes aos feitos por inuítes e iúpiques, talhados em osso animal.

---

11. A wiphala é uma bandeira quadrada com sete cores, cada uma representando um aspecto da filosofia andina. Seu simbolismo reflete a harmonia com o tempo, a natureza, a comunidade e a energia cósmica, sendo também uma expressão da identidade política indígena.

12. Símbolo imperial que representava o poder supremo do imperador. Composto por uma grinalda de tranças multicoloridas e adornado com fios de ouro e penas de carcará, era um símbolo de autoridade no Império Inca.

A multidão berrante seguia com as danças e a música, a challa[13] e sua adoração pagã. Contudo, subitamente, o alvoroço era interrompido por um som agudo que vinha do alto. Todos, enceguecidos pelo brilho do sol, tentávamos olhar para o céu.

Entre as nuvens, uma grande nave planava sobre nós.

Lentamente se dirigia para a terra.

As pessoas, assustadas, começavam a correr de um lado para o outro, desesperadas, abandonando o carnaval. Em meio ao escândalo e à desordem, alguém gritava em um megafone. Era uma mulher que parecia liderar a festividade, com duas tranças infinitas sob um chapeuzinho preto. A liderança chola[14] se parecia com minha avozinha. Era e não era ela, ao mesmo tempo. Eu assistia a tudo como se fosse um filme, estava presente, mas não podia participar. A mulher ajeitou a longa saia fúcsia para tomar coragem e disse:

— Já chega, não tenham medo! Isto é o que esperamos por tanto, tanto tempo.

A nave piramidal aterrissava, e de dentro dela emergia uma fumaceira com cheiro de incenso de ervas. Entre as baforadas, um grupo de astronautas caciques, tipo mallku,[15] nos

---

13. Challa é um ritual quéchua e aymara de agradecimento à Pachamama, comum na Bolívia, Peru, Chile e Argentina, que envolve derramar bebidas no solo como oferenda. Praticada em festividades e celebrações, inclui adereços e pedidos de sorte e proteção.

14. Chola, na Bolívia, refere-se a mulheres que usam trajes tradicionais da época colonial. O termo também engloba indígenas aymaras e quéchuas, refletindo uma herança cultural mestiça.

15. Divindade aymara que simboliza a força das montanhas, representando a ligação entre o mundo terreno e o espiritual. Também designa uma autoridade política tradicional e é associada ao condor, símbolo de poder e vida nas alturas.

cumprimentava misturando quéchua com mapudungun. No sonho, eu os entendia perfeitamente, eles diziam algo tipo: "Nós vencemos, somos livres".

Eles riam, se abraçavam, se beijavam. Tudo entre afafan[16] e jallalla.[17]

16. Expressão mapudungun de aclamação ou grito de celebração, frequentemente associada à manifestação de alegria ou emoção.

17. Expressão da língua aymara usada para afirmar, agradecer ou pedir algo em contextos sociais e espirituais. Também pode significar "Viva!" ou "Assim seja!", dependendo do uso.

RESUMO DO NASCER CONTINENTAL

Minha criação se situava no outro extremo, totalmente continental e citadina. Nasci cercada de vulcões, morros e lugares sagrados cuja extensão de terra não conseguia medir. Meu horizonte não era o mar, e sim uma repetição de meios-fios, fábricas e apartamentos.

Rios de luz, avenidas intermináveis. Minha vida eram os arranha-céus porque eu tinha sido criada no ar, habitava as alturas dos edifícios uniformes desde que nasci. Não conhecia a sensação de me sentir ligada a um pedaço de terra. Também não pensava sobre isso, não me sentia desamparada porque na cidade nunca estive sozinha. Bastava pôr a cabeça para fora da janela do apartamento 20 e zás! Seu grito, sua cúmbia, seu reggaeton. Seu cheiro de arepa, seu falatório coletivo e madrugador das três da manhã.

Na cidade éramos uns vira-latas, sem genealogia. Crescemos numa capital de miscelâneas, uma salada de matizes, sotaques e línguas. Uma trepadeira que dava mais mudas do que sementes e seguia brotando, apesar da poda. Aquele lugar de sutura, preenchido por camadas e camadas de tempo como as rochas sedimentares que acumulam partículas viajantes e pequenos fósseis, quase sempre formadas como esculturas perto da água. Você pode encontrar restos animais ou vegetais, marcas de vento, rastros de gelo, como vestígios de uma memória que brilha para uma existência que ainda está por vir. Chegará o momento em que uma existência futura escavará o fóssil dos nossos dias e, entre as tonalidades das nossas pedras, perceberá essa bricolagem.

Talvez eu nunca tenha dado importância à questão da origem porque, naquela altura da história, a mistura me parecia linda. Cresci nos edifícios uniformes de La Chimba, uns trinta andares de apartamentinhos esquálidos. Guetos verticais, dizia a televisão. Casa, dizíamos nós. As construções estavam sobre sepulturas, relíquias funerárias e ruínas indígenas que se amontoavam feito fantasmas e, embora o rolo compressor do maquinário industrial forjasse uma nova torre, não poderia deter o levante. Eles conviviam com a gente. Talvez não pudéssemos vê-los, mas as farpas das suas casas, as lascas das suas cerâmicas, os signos enterrados estavam ali, incorporados ao concreto dos apartamentos, fosse numa bolha de ar da cola ou numa fibra minúscula incrustada no cascalho. No entanto, rastrear arqueologicamente nossos antepassados era quase impossível, ou melhor, era como uma cadeira manca, porque a ausência de pai era a religião comum do nosso território.

No meu caso, a única certeza era a Flor, minha awicha materna que veio de uma província perto de Cusco. Nosso pedacinho peruano se reafirmava numa tradicional tarefa comunitária: alimentar os conterrâneos, a população causita[18] que chegava perdida à cidade. Na culinária, nada se compara às mãos de dona Flor, manchadas de creme de huancaína, pimenta

18. Expressão informal peruana que significa "amigo".

amarela e chichita morada. A awicha, a avozinha, a mãezinha, nossa matriarca. Uma mulher de estatura diminuta, pesada e forte como a Huaca del Sol.[19] A mesma que usa um escapulário do Taytacha dos Tremores,[20] carrega uma bolsinha dentro do sutiã para guardar moedinhas e dança empolgada ao som de Los Destellos e sua música "Guajira sicodélica". Ela também sabe um monte de palavras em quéchua e aymara, embora se finja de desmemoriada quando pergunto de forma direta. Dela, saem apenas as vozes andinas, de vez em quando. Sua língua age sozinha, não pede permissão, foi assim que ela aprendeu. Eu que não ouse pensar que ela é índia, insiste. E aí fica supernacionalista com o Peru. E diz que os índios e os comunistas são os piores, que são uns terroristas e tudo mais, e eu prefiro assentir, contar uma piada e seguir com minha vida. Em vez de dizer o que penso: mãezinha awicha, talvez a senhora seja mais quéchua do que peruana.

Mas a dona é complicada, assim como a história dos povos é complicada.

A mãezinha awicha fala arrastando as palavras sem pressa, detendo-se nas vogais de forma cadenciada e pronunciando meticulosamente cada letra "s". Nosso idioma se separa nesse detalhe, ela termina as palavras, mas às vezes tropeça nas línguas.

---

19. A Huaca del Sol é considerada a maior construção pré-colombiana de adobe nas Américas. Originalmente com cerca de cinquenta metros de altura, sofreu danos significativos devido à pilhagem colonial e à erosão.

20. O Senhor dos Tremores, ou Taytacha Temblores, é uma estátua do século XVI considerada padroeira de Cusco. Acredita-se que tenha protegido a cidade durante o terremoto de 1650.

Nossa relação se desenvolve nesse tipo de conversa como um ritual cotidiano:

— Aposto, mãe awicha, que o Taytacha de quem a senhora tanto fala é o mesmíssimo Inti[21] disfarçado — digo para provocá-la.

— Ai, miafiaa, que irritadaa. Não fica assim chateadaa, aposto que você tá entediada. Se tiver tempo, vai lá na vendinha — ela responde, rindo e secando as mãos num pano de prato florido que tem mais anos de vida do que ela.

21. Inti, deus do Sol, era a divindade suprema dos Incas, associado à soberania divina e à fertilidade.

BREVE GENEALOGIA MANCA

Portanto, nossa história familiar poderia ser resumida da seguinte maneira:

Primeira parte

Flor Quispe Espejo chega jovenzinha ao país. Trabalha como empregada doméstica que dorme no serviço durante vinte anos para uma família aristocrata, com sobrenomes do primeiro escalão do governo e de parte das avenidas centrais da cidade Capital. Uma família considerada branca entre os brancos, q'ara[22] dos q'ara, e outros que se acham e juram que são q'ara. No processo, engravida de homens ausentes e embusteiros, resultado: duas filhas, Rosita e Camelia. É demitida porque "o quartinho de empregada era para uma pessoa, não para três". Muda-se para um quarto localizado num cité[23] perto do rio que

22. Em aymara, "q'ara" designa "aquele de fora", uma pessoa não pertencente à comunidade indígena, frequentemente referindo-se a brancos ou mestiços.

23. Modelo de habitações coletivas típico da região metropolitana de Santiago, Chile. Criado no início do século xx em resposta ao déficit habitacional da época, consiste em um conjunto de casas de fachada contínua voltadas para um espaço comum, privado.

atravessa a cidade, em plena vizinhança de migrantes, bem no bairro de La Chimba. Uma casinha de adobe, quarto pequeno. Com o dinheiro da rescisão, monta uma barraquinha ambulante de ceviches e sucos de laranja, que, graças ao seu trabalho incansável, se transforma no armazém do bairro: "Dona Flor, gostinho andino".

Segunda parte

Rosita Quispe, filha adolescente de dona Flor Quispe, conhece um homem "x" enquanto ajuda no negócio da mãe. Depois de um flerte fugaz e um romance às escondidas, com promessas, canções, cartas com erros ortográficos, passeios de mãos dadas, sexo rápido e poucos orgasmos, fica grávida. Repetição da história, o jovem pai foge. Flor aconselha Rosita a não perseguir embusteiros covardes e decidem não reconhecer o sobrenome do ausente. Dessa gravidez, nasce Marina Quispe Quispe.

Terceira parte

Marina não tem a menor ideia de quem é seu pai ou quem são seus avós. Nasce num edifício em La Chimba porque a Imobiliária Mayor demole o cité e os cortiços dos arredores onde sua avozinha morava. A empresa construtora compra toda a praça circular para construir prédios uniformes de muitíssimos andares. Em troca, entregam um cubículo de quarenta e sete metros quadrados numa torre com trezentos e setenta e sete apartamentos. Dois ambientes separados, um banheiro, cozinha americana, pórtico, piso de cerâmica, uma piscina que não funciona, um elevador que está sempre quebrado. Um único quarto para a avó, a mãe, a filha e a neta.

Felizmente, Flor, Rosita e Camelia Quispe nunca saem do armazém Dona Flor. Na verdade, se dependesse da mãe awicha, elas até dormiriam sobre os sacos de alimentos a granel para poderem trabalhar mais, como os gatos peludos que descansam de pança para cima ao sol.

A propósito, permitam que me apresente: sou a famosa Marina Quispe Quispe, mas todos me chamam de Mari.

UMA ORDEM PARA O UNIVERSO

Eu me mudei três vezes de casa e uma vez de território:

1. Bairro La Chimba, em cidade Capital.
2. Centro histórico, em cidade Capital.
3. Chilco Puel (ou Leste), na ilha.

Todas as minhas amigas moraram em mais lugares do que eu, pequenos quartos em pensões ou a vida coletiva de alugar uma casinha ou um apartamento com várias pessoas para sobreviver à crise imobiliária da grande cidade. Acho que só agora me dou conta de uma pequena sorte que não valorizei até chegar à ilha: ter o amparo da minha awicha, da Rosita e da Camelia. Ter a quem considerar como lar.

Posso medir os anos num calendário que se estende entre as lembranças sensíveis de cada lugar que habitei. Às vezes minha memória recorre a cheiros, sabores, à evocação do toque ou do som. É como se eu tivesse aprendido a interpretar o mundo mediante fragmentos ou cacos de sentidos, através de porções de realidade, do processo de tatear, ensaiar e se jogar. Imagino que isso aconteça com todas as meninas, ainda que mais intensamente com algumas. Mas, no meu caso, é como se eu estivesse num rebuliço em que minhas mãos, meus ouvidos, minha língua e meu nariz confabulam para dar uma ordem ao universo. Talvez tudo isso se deva à importância que se dava às refeições em casa, estar atenta à escolha dos ingredientes no mercado, apalpar sua madurez, cheirar as ervas. Depois, aprender o preparo lento dos alimentos. Os caldos dependem do repouso e o sabor concentrado é fruto da paciência. Mexer e engrossar, cheirar e provar foram condicionantes que forjaram meu caráter, meu modo de perceber e conhecer desde pequena.

O apartamentinho de La Chimba é um pijama de algodão azul estendido numa sacadinha, o cheiro de sabão Popeye. Esse detalhe me leva aos anos de infância. O cheiro da minha mãe Rosita, seu corpo exala um suor suave misturado ao aroma do sabão em barra. Seus cabelos negríssimos cheiram a xampu de camomila. O ritmo das pequenas ervas que se agitam com o vento do outono. Tenho oito anos nesse momento. As vozes dos desenhos animados da tarde, o apito da chaleira, o pãozinho na torradeira. O açucareiro trincado, cuja rachadura toco com a palma da mão esquerda. Tia Camelia se despedindo com abraços demorados antes do seu turno no armazém, ouço sua voz, sinto o perfume da sua colônia de jasmim. A pele de pêssego contra minha língua, como um pedaço de veludo doce. A marca das meias do colégio na pele das minhas panturrilhas. A ausência dos dentes de leite como um vazio curioso que observo num pequeno espelho e toco com a ponta da língua, enquanto faço caretas sozinha. O cheiro da graxa de sapato, a pasta de dente com sabor de morango e a sensação gostosa de passar cola fria na ponta dos dedos.

As primeiras memórias do apartamento no Centro histórico surgem com o bater de asas dos pombos e o som dos sinos da catedral. Um aroma doce, o cheiro de biscoitos de baunilha e coco que entra pelas janelas. O pãozinho amassado da padaria da esquina, buzinas de ônibus, sirenes de carros de polícia. Dentro do apartamento, o cheiro de café. Uma cama desarrumada que acaricio com as mãos, lençóis brancos amarrotados mas macios. Meus pés descalços pisam o chão frio de parquê. Isso, por exemplo, me remete à primeira vez que fiquei no apartamento de Pascale, a primeira noite que acordei ao seu lado. Lábios quentes, grossos. O palpitar do seu coração. Toco sua constelação de pintas, a cicatriz no seu rosto iluminada pelo sol da manhã. Um beijo demorado, línguas que se apalpam, que se reconhecem. O suor. Sinto os roxos quentes nas minhas pernas, na cintura, como consequência do arrebatamento, do gozo. Pescoço, ombros, costas alheias, como uma coreografia que o corpo aprende a perceber e incorpora como um novo habitante. Lugares que se escondem resistentes, outros que se entregam dóceis. Dormir, pele com pele. No dia da catástrofe da Grande Avenida, já compartilhávamos esse lar havia alguns anos. Pascale estava preparando um mate, eu moía um pouco de café de figo antes de sair para o trabalho. Estava atrasada e de mau humor. Morrendo de sono porque na noite anterior houvera um tiroteio na Praça de Armas. Disseram que o confronto era por questões de território. Uma briga entre evangélicos e o sindicato de estátuas vivas. Foi a maior confusão, envolvendo trabalhadoras sexuais, comediantes, qhateras[24] e o fotógrafo de Polaroid com lhaminha incluída. Nós espiamos pela janela, mas só se ouviam gritos. Isso durou horas, de modo que voltamos insones aos arrulhos da cama.

Pela manhã, enquanto eu bebia rapidamente o café, ouvimos as más notícias. Todos os noticiários mostravam a calamidade: o que antes era um edifício agora parecia uma montanha de cinzas. Todos os objetos próximos ficaram cobertos por um véu acinzentado de pó e cimento. Ao fundo, ouviam-se choros, gritos e sirenes de ambulância e de bombeiros.

Desde esse dia, o aroma do café de figo me traz essa lembrança.

Naquele momento não sabíamos, mas o pior estava por vir.

---

24. Comerciantes, predominantemente mulheres, que atuam nos Qhatus, espaços comerciais tradicionais no altiplano andino do Peru e da Bolívia.

MIAFIAA, VÊ SE NÃO SE APAIXONA

Antes do desastre, houve alguns anos que nos acostumamos a chamar de "os tempos mansos". Não é como se não se ouvisse nem um pio, mas em comparação à experiência da tragédia, vocês entendem. Pascale e eu conseguimos viver alguns anos nessa falsa calma. Durante esse período, cada vez que eu visitava minha awicha, minha mãe e minha tia, uma tríade que parece a Mama Killa[25] de três cabeças, elas me mandavam trabalhar. Nunca me trataram como convidada, mesmo quando não dividíamos mais o mesmo teto. Com elas não era possível dialogar se você não estivesse atendendo gente, lavando pratos, preparando sacos com salada mista, varrendo ou fazendo contas.

As mãos delas estavam sempre dançando sobre vários objetos, como se seus corpos miúdos dessem movimento ao mundo através dos sentidos hápticos. Não me lembro de ver as três paradas ou sentadas juntas, nem mesmo durante os jantares festivos. Havia sempre alguma coisa para fazer. Se uma delas me pegava com o celular na mão, me mandava distribuir comida aos vizinhos, conferir os cadernos de fiado ou

25. Na mitologia inca, Mama Killa é a deusa da Lua e esposa de Inti, o deus do Sol. Ela faz parte da Tríplice Deusa Inca, que inclui também Mama Ocllo e Mama Cocha.

organizar as mercadorias, mesmo que eu estivesse de visita. Principalmente a astuta da minha mãe awicha, que me lançava um olhar inquisitivo assim que eu me acomodava. A dona não precisava de uma única palavra para pôr o circo em marcha.

Sempre digo isso, mas elas podem ser realmente enlouquecedoras quando você as conhece bem. Com o passar dos anos, a gente aprende a fingir, a encenar uma forma de trabalhar. Reforçamos técnicas de sobrevivência para nos camuflarmos diante dos outros. Às vezes, só de implicância, eu me sentava na cadeirinha de vime da loja para ver televisão. Não se passavam nem dois minutos e eu sentia os olhos penetrantes da Flor me observando atentamente feito um xamã desconfiado. E, para dar o troco e me sacanear, ela dizia que meu corte de cabelo era estranho, que minhas roupas eram muito largas ou que eu parecia um menininho.

Antes eu brigava feio com minha awicha, respondendo a todos os seus comentários ofensivos e ficando brava por dias. Acho que minha avozinha promovia de propósito uma atitude de ferocidade exagerada para que eu me transformasse em alguém como elas, pois me considerava dócil demais. Ouvi isso da sua própria boca uma vez, quando a surpreendi discutindo com minha mãe Rosita. Naquela época, eu ainda era adolescente e queria conhecer meu pai. Insistia com elas que tinha o direito de saber quem ele era, que não podiam esconder a verdade de mim. Esse simples pedido se transformou num sinal da minha fragilidade e numa convocação à guerra. Mas a awicha Flor tinha a última palavra, nada acontecia sem que ela decidisse. E, para a dona, meu pai estava morto, ponto-final.

— Miafiaa, você presta atenção. Esta menina não precisa de mais cuidados do que a gente já dá. Nunca faltou nadinha de nada nesta casa pra ela. Ela que não seja mal-agradecida, já que o pai dela tá bem morto — disse ela à minha mãe, que apenas assentiu com a cabeça, obedecendo à tirania.

Talvez elas tivessem razão, meu suposto pai nunca tentou entrar em contato comigo. Para que ficar implorando?, penso agora. Mas acho que eu também tinha o direito de me desiludir por conta própria.

A dona treinou as filhas com severidade e logo tentou fazer o mesmo comigo. Minha awicha parecia a mãe das três. Ela nos repreendia do mesmo jeitinho por qualquer bobagem, erros que poderiam parecer insignificantes para os outros, mas que para ela eram exagerados. Deixar uma luz acesa, errar um troco, se apaixonar. Às vezes eu me sentia como sua terceira filha. Crescer misturadas fez com que fosse confuso ter uma figura de autoridade materna. De repente, minha mãe e minha tia pareciam ser minhas irmãs; e minha avó, minha mãe. O lema de honra, nem tão dissimulado, era: trabalho duro, força e desconfiança do carinho alheio. Embora tia Camelia seja mais doce do que Rosita, minha mami não é tão dura como a awicha Flor. Mas não vou mentir, elas têm uma forma de afeto particular, da qual também faço parte, e eu me enredo nelas. Não é que não exista amor, pelo contrário, é asfixiante. Às vezes parece uma relação possesiva, um afeto violento, com uma dependência tão profunda que fica difícil separar uma da outra. Um jardim selvagem que de tão exuberante acaba borrando as particularidades das espécies.

No fundo, nós nos acostumamos a fingir um desapego para seguir em frente apesar das asperezas dos dias. Nunca consegui me ajustar à sua ética familiar, mas isso não significou escapar dos danos colaterais. Acho que esse tipo de amor que elas me davam não me bastava, eu sempre esperava um pouquinho mais, um amor mais terno, mais suave. Ou talvez eu precisasse mais de carinho do que de disciplina. Às cegas, fui me munindo de paciência, sempre esperando. Talvez por ser romântica ou apenas por ser semiórfã. Eu as seguia feito uma cachorrinha de rua à espera de uma mão carinhosa para abanar o rabo. Esperava por elas para me pendurar no seu pescoço, implorando por um mimo. Tia Camelia entendia, por isso me devolvia abraços demorados que tentavam compensar a falta.

Houve uma época, enquanto eu morava com elas, em que fiquei meses sem falar com minha awicha. Eu tinha dezesseis anos. Dessa vez brigamos aos gritos no meio da rua, cada uma numa calçada. As donas dos outros negócios até saíram, inclusive a María Isabel Mamani, que estava acamada havia anos por um mal que alguém tinha feito para ela. Alguma magia que jogaram nela por ser fofoqueira, diziam. As más línguas contavam que ela se arrastou como pôde com seu eterno vestido de verão azul, para presenciar o escândalo na primeira fila, só para depois andar por aí descascando a awicha. Essas senhoras mantinham havia anos uma competição pelos armazéns, pelos produtos e pelos clientes. O mesmo acontecia com suas filhas e netas. Até os gatos estavam envolvidos nessa disputa territorial. A rivalidade também implicava tacitamente que quem importasse mais mercadoria do Peru faria mais sucesso com os fregueses.

Naquela tarde, assim que pisei no armazém, a mami Flor atirou mangas verdes na minha cabeça, vociferando um rosário nada santo de palavrões. Na hora não entendi nada. A única coisa que me ocorreu foi me defender como pude, desviando com muita vergonha da língua e das frutas. Depois fiquei sabendo que uns fregueses limenhos tinham ido fazer fofoca para ela.

— Então quer dizer que a Mari gosta de mulher, dona. Por isso que ela não dá bola pro fulaninho — eles disseram, rindo.

E o rosto da minha awicha ficou mais vermelho do que o da própria diablada.

O parzinho de enxeridos limenhos vendia suco de laranjas recém-espremidas na esquina da catedral. Naquele dia eles tinham me flagrado na praça com a be-lís-si-ma Estrella Yupanqui, uma coleguinha de turma de quem gostei assim que ela chegou ao colégio. Eu amava tudo nela. Sua risada contagiante, sua letra, seus cadernos organizados, seu cheiro de colônia de ginja, sua pele macia. Naquela manhã, nós matamos aula e nos sentamos no único banco disponível.

Ela começou a fazer carinho em mim, entre os cantos dos evangélicos, os aposentados que alimentavam os pombos e um Mickey Mouse decrépito que dançava cúmbias. Estávamos dividindo um cigarro mentolado e os fones de ouvido enquanto nos distraíamos com o teatro absurdo e improvisado da praça. Ela chegou mais perto, pegou na minha mão. Eu havia imaginado aquele momento por semanas, me enchendo de coragem para beijá-la. Aquele dia de sol era a ocasião perfeita. Segurei o queixo dela suavemente, olhei nos seus olhos. Ela sorriu, eu a beijei. Estrella correspondeu. Sua língua macia com gosto de pirulito. Eu tremi.

Nunca me preocupei que alguém me visse, muito menos pensei que estava fazendo algo errado. Tirando os sermões dos pastores, que pregavam sobre nossa alma queimando no inferno, nos comparando ao príncipe das trevas, tinha sido maravilhoso. À tarde passei no armazém e a lembrança do meu primeiro beijo se transformou em mangas arremessadas pela minha awicha Flor. O curioso é que nem foi por beijar uma mulher. A questão era outra: eu não podia me apaixonar, não importava o gênero. Porque o amor, para elas, tinha sido a fonte das suas desgraças. E eu, a que menos velas tinha nesse enterro, me vinguei em silêncio, pacientemente. Do meu jeito, fiz todo o possível para não seguir o caminho que haviam traçado para mim. Fiz todo o possível para não aprender seu ofício, para não acabar trabalhando sem parar no bendito armazém com gostinho andino.

A esta altura da nossa história, prefiro rir dessas pequenas tragédias. Cada família deve ter seus próprios fantasmas e mangas verdes sobrevoando os céus. Por fim, Flor cedeu. Camelia cedeu. Rosita cedeu. Eu cedi. Todas cedemos pelo menos um pouquinho. Todas crescemos, misturadas e dramáticas. Somos outras, embora sempre sobrem restos que nunca mudam, porque a dona é a dona, com um temperamento de mil demônios. E que ela gosta do conflito, ela gosta. Além disso, como diz a awicha, ninguém sofreu tanto quanto ela, mas suas tristezas são um segredo, são pura intimidade. Nunca a vi desabar, muito menos mostrar suas lágrimas em público. Com os anos, suas reclamações se transferiram para minhas escolhas profissionais. Quando eu estava no colégio, a awicha quis que eu escolhesse estudar administração de empresas, mas fiz secretariado. Na verdade dava no mesmo, eu não sabia direito do que se tratava cada coisa. Fiz só para não dizer amém à vontade dela.

Quando comecei meu trampo no museu, ela disse que meu trabalho não era sério.

— Como é que você consegue ficar aguentando chefes e passar o dia toodinho na frente do computador como as preguiçosas? Vocêê, miafiaa, nasceu pra comandar. Tomar conta da vendinha e ver seu crescimento, e não ficar por aí obedecendo a patrões.

Tudo que não fosse como ela queria não podia ser nada além de indolência. E para uma senhora de quase oitenta anos que não descansa nem aos domingos, sua neta "Deve ter puxaado ao papaizinho dela", ainda que esse homem seja quase um mistério na nossa vida. Mas hoje, quando ela vem com essa história, eu respondo na hora:

— Olha, mãe awicha, não vem com essa não. Aqui somos todinhas filhas do Espírito Santo e do Taytacha Inti. Não me vem com surpresa a esta altura da vida — digo, sorrindo.

E escuto a gargalhada de dona Flor como um eco entre as latas de leite Gloria e os saquinhos de Ajinomoto.

Talvez nesta família tudo seja encoberto por risadas, inclusive o que não nos atrevemos a contar.

II
A DEVASTAÇÃO DA DEVASTAÇÃO

ARQUIVO DE CHILCO

3. História e geografia

Chilco é uma ilha pequena de clima subtropical, localizada 186 quilômetros a oeste do continente, na altura da cidade Capital. Sua população é de aproximadamente 1,3 mil habitantes, de acordo com os dados de um dos últimos censos. Ela pode ser acessada mediante teco-teco ou barca, o que implica um tempo de viagem que pode variar de trinta minutos a quatro horas. Seus habitantes se dedicam principalmente à pesca e à colheita de mariscos ou trabalham na zona industrial do porto de Bahía, a cidade do continente mais próxima da ilha.

Os vestígios humanos mais antigos encontrados datam do ano 1200, principalmente do contato pré-hispânico entre os reche-mapuche, nativos do Sudeste Asiático e polinésios da Oceania. As investigações arqueológicas encontraram cerâmicas, metais, ossadas, fósseis e restos têxteis.

Devido às insurreições e revoltas da população originária, a ilha não fez parte da Coroa espanhola, transformando-se em um dos territórios insulares com maior resistência indígena. Durante os séculos de invasão colonial, conseguiu sustentar sua autonomia social, cultural e política. Chilco foi colonizada tardiamente com a instauração da República.

Durante a segunda metade do século XIX, o Estado tentou transformar suas terras em colônia penal, no entanto fracassou após a oposição de seus habitantes, que resistiram levantando a chamada Rebelião Chilquenha de 1863, quando grande parte da Província Leste (também conhecida como Puel em mapudungun) foi queimada.

Segundo as crônicas coloniais escritas por missionários e soldados, sua nominação é pré-hispânica, sendo conhecida antigamente como *Chillkowe* (lugar de chilcos) ou *Chillko wapi* (ilha Chilco). Seu nome faz referência às terras que compõem a geografia insular, um pedaço de nascentes naturais de água doce rodeadas de mar, onde em cada canto florescem chilcos de todas as variedades existentes.

A DEMOLIÇÃO COLETIVA

Durante nossos últimos tempos na cidade, vivenciamos cada fase da sua derrocada. O continente estava podre e o império dava início à sua demolição. Não era uma metáfora; tantos anos de superpopulação, usura e crescimento aos céus estavam chegando ao fim. A monotonia da paisagem inacabada retornava ao seu ponto inicial. E tudo começou com o desabamento dos edifícios uniformes, o assustador acidente da Grande Avenida. Uma penca de torres veio abaixo e houve muitas mortes. Os muros vizinhos se encheram de fotografias e nomes dos defuntos. Alguns corpos nunca puderam ser desenterrados; ali, junto aos escombros do cimento, jaziam suas partes, suas memórias. Aquela antiga esquina de guindastes e apartamentos agora era uma vala comum, um vazio que nos engolia avidamente. Fomos dominados pela tristeza, pela raiva. De tão entorpecidos, nos esquivamos do óbvio, nossa impotência cresceu como lava, pedras vulcânicas na boca do estômago.

Esse começo cheira a café de figo, a cal, a terra.

Os especialistas falavam do colapso por causa de um design ruim, de fadiga de material. Porém, o mais doloroso era que aquilo poderia ter acontecido com qualquer edifício infinito que povoava a cidade Capital, pois todas as empresas de construção estavam vinculadas à Imobiliária Mayor S.A. Eles eram os responsáveis por décadas de conluio e corrupção. Seus gerentes, com cara de gringos, sempre apareciam nos principais noticiários falando da falta de investimento privado ou dos problemas econômicos que a indústria atravessava. Nunca ficavam satisfeitos com a especulação. No entanto, depois do grande acidente, foram divulgados documentos e correspondências oficiais da empresa. Um grupo de jornalistas decentes se infiltrou nos escalões e, após meses de investigação, lançou suas granadas. Ali foram reveladas as associações trapaceiras, a economia nos materiais, as más práticas e o descumprimento das normas ambientais.

Quando a informação viralizou, o movimento popular explodiu.

Surgiu então o clamor, o tumulto.

Tudo era como um grito que se tenta sufocar no travesseiro, mas que transborda mar afora.

Havia tanta raiva acumulada que as pessoas não esperaram outra tragédia. A grande massa pegou suas próprias ferramentas e começou a destruir os apartamentos dormitórios, as caixinhas de fósforo, as quitinetes, os guetos verticais, os funcionais mobiliados. Nós nos tornamos construções de vinte e trinta andares cambaleando e desabando em plena urbe. A verdade é que, se não fizéssemos isso, viria uma catástrofe ainda pior. Mas era delirante. Ainda guardo na minha carne a sensação cálida dos outros, como uma fantasia, o sonho de formar um corpo, um só corpo, como um micélio que expande seus fios para consolidar a simbiose.

Nunca imaginei viver a devastação da devastação com martelos, chuços e socos nas mãos.

O estrondo daqueles dias parecia uma captura industrial.
Entre os gritos de regozijo, emergia o que parecia ser o barulho de uma construção, só que nosso gesto era a ação oposta.
O bairro cheirava a suor, a terra molhada, a lenha.
Estávamos todos cobertos de poeira, todos com serragem.
Carinhas manchadas de cinzas, mas sorridentes.

Durante as primeiras semanas, havia gente otimista que dizia que aquilo era o fim do capitalismo, que finalmente tínhamos percebido, que o modelo neoliberal estava desmoronando. De repente, era como se o rock dos Los Saicos fosse a trilha sonora do presente. A multidão dançava nas ruas arrastando pedras soltas e umas caixas de som em carrinhos de feira. Amplificadores caseiros, improvisados cantavam: *tatatatayayayaya vamos derrubar a estação de trem, demolir, demolir, demolir, demolir.*

As coisas aconteciam impulsivamente. Você podia estar caminhando com tranquilidade, até que ouvia um murmúrio subterrâneo ao longe. Logo via um monte de sombras montando uma barricada espontânea com o lixo dos apartamentos. Escombros eram empilhados no meio das avenidas como se fossem montanhas ou vulcões, as sombras se transformavam em corpos que observavam o fogo. E aí alguém do nada sacava um alto-falante e o mundo enlouquecia. Dançavam sem parar, davam-se as mãos, faziam rodas que giravam cada vez mais rápido. Pulando, abraçando. Era um ritual pagão de insurreição.

Sem perceber como, de uma hora para a outra, você passava a fazer parte da roda, da dança, da cantoria, do fogo. Mas, ao fechar os olhos, já estava abraçando um monte de desconhecidos que desejavam, sonhavam e buscavam o mesmo que você. O desânimo e a miséria se dispersavam na simples e necessária possibilidade. Um rebuliço de entusiasmo percorria as avenidas, os parques, as línguas.

Outros se dedicaram a registrar e arquivar a memória coletiva dos dias. Antes que tudo fosse distorcido, apagado, falsificado. Escreveram livros rapidamente, criaram podcasts, programas no YouTube, documentários e sessões de foto. Foram exibidos especiais na televisão e se projetaram filmes de conscientização. Cinema Libertação, Cinema Novo, Terceiro Cinema. Realismo socialista puro, reforma agrária, estética militante, como se aquilo fosse um retorno aos ideais da revolução latino-americana, com arte, contrainformação e propaganda.

Tudo que havia sido descartado por ser panfletário voltou como gesto vanguardista revolucionário para gerar tomadas de consciência coletiva. Foram semanas e semanas com colunas de opinião e entrevistas com historiadoras, cientistas políticas, filósofas. Realizaram-se concentrações, marchas, comícios e pequenos carnavais.

Aparecemos nos noticiários internacionais como um exemplo de insurreição. Nos motivamos a imaginar um mundo novo e nos iludimos, como se a beleza e a utopia fossem possíveis ao mesmo tempo.

E, além disso, como se pudéssemos merecê-las.

Por fim, poderíamos sonhar com a cidade de forma diferente, fantasiamos essa possibilidade. E nos reunimos em massas que pareciam um fluxo de óleo fervente, torrentes exigindo justiça. Não éramos guerreiros nem sofredores. Estávamos contagiados pelo fervor, pela febre, uma força inexplicável que nos brindava com alegria. Acho que é assim que se sente o entusiasmo de pertencer a uma ideia comum, de querer ondas para além dos edifícios.

Durante meses permanecemos em frente à sede da Imobiliária Mayor S.A. com cartazes de revolta e expropriação.

O meu dizia: "Wasi & allpa: a casa é de quem a sonha".

O de Pascale dizia: "Nütuayiñ mapu".[26]

Queríamos acreditar num futuro e nos agarramos com força ao movimento, ao afeto valente.

À terra de todos para todos.

26. "Recuperemos a nossa terra", em mapudungun.

A GÊNESE DOS SUMIDOUROS

Os acontecimentos ocorreram de forma rápida, o que aumentava a sensação de estranhamento, de incerteza. Eu sentia dores abdominais persistentes, um nó na barriga que mal me deixava dormir. Era como se algo estivesse incrustado debaixo das minhas costelas, um fio vegetal palpável que se contorcia especialmente durante as noites terríveis.

Sempre acreditei que não chegaria a presenciar algo assim, que esse tipo de experiência seria vivida por outras gerações ou ocorreria primeiro em outros países. Isso acontece porque temos uma imagem preconcebida da guerra, uma imagem do fim. Crescemos com essas ideias que nos são injetadas através de diferentes artefatos, ano após ano. No entanto, as imagens do horror estão espalhadas em nosso imaginário por um território desconhecido ou por um passado inerte. Em um além inalcançável que mal sabemos nomear no extenso mapa da humanidade.

Nosso problema se tornou real quando as empresas abandonaram suas sedes e pararam de cobrar aluguéis, dividendos e taxas de todo tipo. As mesmas empresas que haviam enriquecido com a especulação imobiliária e arrebatado nossa ilusão de ter uma casa, limitando nossa existência a espaços mínimos e miseráveis, aqueles agiotas de merda tinham se mandado. E o pior foi que, com sua fuga, pensamos que havíamos ganhado algum tipo de brilho. Até comemoramos prontamente, porque precisávamos nos agarrar a uma vitória, a um mito, para dar continuidade ao desejo.

A maioria dos edifícios uniformes ficou sem administração ou despesas comuns a pagar. Após alguns dias, o miolo da grande cidade ficou desprotegido. Não havia policiais, não havia militares. Exceto pela nossa folia nas concentrações, a cidade em ruínas parecia uma vizinhança habitada por fantasmas. Isso durou algumas semanas, até que o grande apagão chegou ao sul da cidade. Todas as comunas da periferia mergulharam na escuridão absoluta, sua paisagem se transformou em uma grande boca de lobo iluminada por velas e barricadas. Foi então que soubemos: não só as imobiliárias tinham ido embora, os empresários donos da luz também haviam desertado.

Algumas semanas depois do abandono empresarial, começaram os tremores constantes. No início, nem vacilamos, era um movimento cotidiano neste país. Uma leve vibração na terra fazia quase parte da sua pulsação essencial, mas se tornou perturbadora quando não parou de tremer. Havia uns tremores mínimos que mal percebíamos e outros tão fortes que precisávamos nos agarrar às paredes, às árvores, aos ombros de outras pessoas. Ondulávamos ao ritmo da crosta terrestre e seus solavancos telúricos. As oscilações se tornaram cada vez mais prolongadas. Algumas eram apenas ruídos subterrâneos, como zumbidos de abelhas do além, enquanto outras pareciam rugidos de feras inimagináveis que habitavam as entranhas da terra. Às vezes, o estrondo era tão forte que retumbava nas janelas, nos móveis, na louça. Levantávamos a voz para nos escutarmos.

Foi aí que fiquei com medo.

Algumas pessoas os ouviam o tempo todo, criavam teorias conspiratórias, paranormais, e compartilhavam por mensagem gravações amplificadas como se fosse a linguagem dos mortos. Todo o clima de luta social se tornou tenso e rarefeito com os tremores e o famoso barulhinho. Estávamos nesse interlúdio, entre a agitação e o pavor, quando surgiu o primeiro sumidouro na terra. Era um círculo perfeito, enorme, profundo. Não sabíamos o que fazer ou como interpretá-lo. Surgiram todos os tipos de conjecturas. Uma porta para o inferno, o fim do mundo, os rejeitos da mineração, a vingança dos empresários.

O certo é que muita gente deixou as ruas e decidiu voltar para as Igrejas ou se reunir em comunidades espirituais, como se o abismo do sumidouro também estivesse em nosso corpo, escavando os segredos perdidos no inconsciente ou no passado. Senti muita raiva nesse momento, tive vontade de sacudir, esbofetear, acordar. Mas as pessoas precisam acreditar em algo além de uma revolução. Era preciso ter certeza para abandonar o medo. Quando volto a essa lembrança, penso que fomos um bando de ingênuos. Não é que eu acreditasse ser o fim específico de alguma coisa, muito menos do mundo. Mas tive a esperança fugaz de que transformaríamos a história das derrotadas, o relato dos perdedores.

O governo e a junta científica de especialistas também não nos tranquilizaram muito. O discurso institucional oficial e o dos meios de comunicação aderiram à versão de uma catástrofe natural. Para mim, estava na cara: eles tinham uma minuta elaborada e ensaiada ponto por ponto, a performance do poder e da glória. Falavam de uma fratura terrestre, uma falha geológica invisível que serpenteava pelo subsolo da cidade.

Anos atrás, esse assunto havia aparecido nos noticiários, de modo que eles pegaram aquele antigo relatório e o maquiaram como uma reportagem permanente, tudo para sustentar o testemunho da indolência. Assim, lavavam as mãos diante do desastre imobiliário e se distanciavam de qualquer responsabilidade política.

O argumento da natureza como um outro inalcançável, indomável, era seu cavalo de batalha. Utilizaram o discurso do ser imprevisível, selvagem, distante. Não era possível discutir sobre cataclismos com uma entidade que estava fora de nós, fora da civilização. A natureza era o bárbaro, a alteridade intraduzível do presente.

Como se não fôssemos parte dela, seus braços, seus órgãos, sua vegetação, seu sopro. Como se, na distância excessiva entre nossas espécies, não pudéssemos decifrar sua linguagem.

PACHAKUTI, É VOCÊ?

No princípio, nós nos ajudamos. Houve colaboração por meio de bingos, rifas e refeições comunitárias. Reunimos mercadorias, arrecadamos o pouquinho que tínhamos, demos apoio. Neste continente, estávamos muito acostumados aos desastres, a viver em estado de calamidade. Poderíamos muito bem aguentar um grande terremoto, um maremoto ou uma erupção vulcânica, enquanto alguém contava uma piada para atenuar a tristeza e proporcionar o consolo adequado. E talvez conseguíssemos escapar com segurança, felizmente. Quase por acaso, porque não tínhamos nenhum tipo de treinamento. Permanecer vivo fazia parte do acaso, assim como nosso nascimento, assim como tudo neste universo.

Naquele momento, eu imaginava que estávamos dando saltos acrobáticos com várias piruetas no ar e, apesar de tropeçarmos a ponto de perder o equilíbrio, conseguíamos recuperar o prumo. Estávamos tão quebrados e fragmentados que, àquela altura, uma falha terrestre poderia ser algo perfeitamente normal.

Vivemos as primeiras semanas de perplexidade como se um terremoto de magnitude mil tivesse devastado nossa existência. Aguentamos, choramos, rimos, continuamos. Até que apareceram sumidouros em diferentes pontos da cidade e a possibilidade de ajuda saiu do nosso controle.

Então o horror reinou.

A cidade era uma maquete do extermínio, onde nossos passos titubeavam sobre um terreno infestado de crateras, como um planeta ou um satélite desordenado. Eu me sentia como uma astronauta tentando caminhar por um corpo celeste e distante. Anos contemplando a face visível da killa, nossa lua. Branca, amarela, cinza, avermelhada. Desde criança, imaginava um rosto entre suas sombras e luzes, enquanto Aristarco permanecia ali, antes de nós. A grande cratera, o mais luminoso dos acidentes geográficos lunares, foi batizada em homenagem ao astrônomo clássico que abraçou o modelo heliocêntrico do sistema solar. Aristarco também foi nosso primeiro sumidouro citadino, o nome da nossa primeira cavidade. Então, o côncavo, o escavado, o vazio, começou a erodir as palavras, as línguas. A perfurar o conhecimento que pensávamos ter.

Prédios no chão, cinzas, resíduos, torres de lixo.

Lama misturada com pedras, vidro e concreto.

Túmulos de animais mortos, crianças desaparecidas, árvores fantasmas.

Uma capital desenhada aos pedaços, com buracos enormes que devoravam tudo que já estava em ruínas. Estávamos aterrorizados, andávamos na ponta dos pés, tudo era material frágil. Nós nos tornamos desconfiados, violentos, briguentos. Pouco a pouco, o movimento político começou a se fragmentar, a se radicalizar, a se amotinar. Cada facção pretendia deter a razão, a identidade revolucionária e, portanto, a verdade. Os pequenos grupos disputavam entre si um poder imaginário numa cidade imaginária.

O que havia sido um impulso rebelde agora era uma luta narcisista lamentável. A fome chegou, os poucos alimentos disponíveis subiram de preço. Começaram a surgir saques massivos e manifestações em todo o território.

O governo reagiu com toque de recolher, blindados com jatos d'água, drones e tanques militares.

A polícia e os militares reagiram com torturas, estupros e tiros à queima-roupa.

O governo não respondeu, atacou.

Ninguém podia negar que estávamos cansados, não aguentávamos mais. O ambiente era insuportável. Naquele momento estávamos à espera de que algo acontecesse, qualquer gesto que pudesse esgotar a insensatez da dor. Ansiávamos até por uma ação divina, um ataque alienígena, a descida da Virgem da Candelária, alguém que chegasse e pudesse deter a desgraça.

Não sei, o apocalipse ou o juízo final.

Por favor, que isto seja o fim do mundo.

A chegada do Viracocha,[27] um pachakuti.

Treng Treng e Kai Kai.[28]

---

27. Viracocha é a divindade criadora do mundo na cosmovisão inca, associada à origem do céu, da terra e do ser humano. Representa a dualidade criadora e é reverenciada como o arquétipo da ordem universal.

28. Treng Treng e Kai Kai são cobras da mitologia mapuche que simbolizam as forças opostas da terra e da água. Sua batalha lendária explica a geografia única do sul do Chile e do arquipélago de Chiloé.

Mas não.

Estávamos completamente desamparados. Não havia respostas, não havia certezas, não havia socorro, porque o fim não chegava. Tudo estava sendo destruído, os escombros nos jogavam no chão e tínhamos que seguir em pé como um boxeador amador obcecado pela vitória.

Em meio ao caos, e apesar das mortes, tivemos que continuar trabalhando, seguir produzindo. A vida se tornou absurda. Pode parecer inacreditável que, dadas essas circunstâncias tão sem sentido, tenhamos que continuar a existir, até que você se vê ali, com as mãos enterradas nas profundezas do desastre. E nem mesmo a dor ou o espanto conseguem nos deter. Há uma brisa do dia a dia que nos conforta diante da desolação. De repente, você se dá conta: as árvores que permanecem agarradas à terra continuam balançando seus galhos ao vento. As formigas sobreviventes cavaram novos ninhos subterrâneos para transportar folhas. A neve persiste no topo das montanhas. Esses gestos mínimos da história também fazem parte do testemunho dos sumidouros. Esse relato ínfimo, insignificante, que ninguém escreverá na grande enciclopédia da catástrofe.

A única certeza era que a qualquer momento poderíamos ser sugados por um buraco na terra. Todos os vestígios desapareciam. E, embora pareça uma estupidez, a única coisa que nos mantinha firmes era a obrigação de trabalhar e participar das manifestações de recuperação dos edifícios centrais, onde a fratura não chegava. Toda tarde, depois do trampo, eu passava por lá, levava alguns pãezinhos para as pessoas que resistiam, reuníamos pedras e pintávamos telas até o anoitecer. Exaustos, tentávamos não lutar contra nós mesmos.

Fizemos isso durante semanas, até que demitiram Pascale. Era só uma questão de tempo. A construtora em que Pascale trabalhava declarou falência e não pagou nem a indenização. Isso começou a acontecer com muita gente, acusada pelos próprios colegas que ainda defendiam os interesses das imobiliárias.

Sim, o movimento era imenso, mas sua grandeza nunca o tornou absoluto.

Esse ato foi o impulso que detonou a possível fuga. Para Pascale, começou a ser ilógico continuar resistindo no continente enquanto na sua ilha também precisavam de reforços. Um dia, decidiu que precisava sair da Capital de qualquer jeito. Mas, nesse ponto da história, era apenas uma ideia, um esboço. Ainda não havia modulado o pensamento para se transformar numa decisão. Ainda não tinha articulado as palavras necessárias para sair da sua boca.

Por isso, eu soube desse desejo muito tempo depois.

Quando se escreve um livro de história ou se filma um documentário histórico, relatam-se acontecimentos de insurreição. Fala-se em heroísmo, contam-se grandes façanhas ou derrotas massivas. Ficcionalizam-se frases grandiloquentes de supostos próceres da pátria ou grandes rebeldes. Oferecem-se dados sobre a quantidade de mortes ou se imprimem as biografias dos mártires. Mas ninguém, absolutamente ninguém, diz que resistir e lutar cansa.

Nós tentamos, juro. Porém não aguentávamos mais. Meus olhos ardiam, eu sentia meu rosto inchado, quente.

Arrastávamos nosso corpo esmagado, os músculos moídos pelo cansaço e pela insônia.

Às vezes, passávamos dias sem dormir.

Então, o pesar era uma fera de inúmeras cabeças devorando nosso coração derrotado.

ARQUITETURA EXPERIMENTAL

A maioria das pessoas que conhecíamos queria sair o quanto antes da cidade Capital, o problema era que não tinham para onde ir. Existiam alguns terrenos que poderiam ser mantidos por um tempo, décadas talvez, mas não era uma certeza. Até o gesto mais cotidiano era instável no tabuleiro de xadrez central. Tudo havia sido construído para não se ir embora, para esquecer o descanso e produzir sem olhar para trás. Cada um escolhia os corpos, a música ou as luzes para se perder no seu ritmo e brilho, para ter um lugar onde aterrissar quando a noite chegava e o manto de solidão ameaçava nos engolir. Dava para passar anos da sua vida nisso, corpos, música, luzes. Num loop, quase sem pensar no assunto. Fugindo do vazio, você se entupia de amantes, lambidas, danças, canções, olhos que brilham sob prismas. Drogas, álcool, comida. Nunca imaginamos que esse estilo de vida tão arraigado à nossa pele também desmoronaria.

À medida que o movimento de expropriação e demolição avançava, a especulação nos edifícios estáveis da região leste também aumentava. Era impossível pagar um aluguel naquela área, longe dos sumidouros; a cada dia víamos mais famílias morando em barracas instaladas no perímetro do colapso. As mais afortunadas conseguiram ocupar os antigos escritórios do centro, mas de toda forma viviam amontoadas. Felizmente, nosso edifício era um dos mais antigos da cidade. Essa antiguidade foi nossa salvação. A montagem e os nós da sua estrutura lhe permitiram sobreviver, a construção era sólida. Embora apresentasse pequenas falhas, como desabamentos, vidros quebrados e rachaduras que atravessavam os tetos, eram questões mínimas se comparadas às ruínas que nos rodeavam. O terreno também não tinha cedido, não havia sumidouros na área mais próxima. O essencial permanecia intacto, apesar dos tremores.

A estrutura ainda conseguia resistir com os arranjos improvisados por nós, os moradores. O imóvel estava classificado como edificação instável pelo governo. Isso significava que o seguro da Imobiliária Mayor era responsável por pagar por nós e, de quebra, o Estado lhe concedia uma generosa compensação pelas suas "perdas".

A gente dava um jeito de remendar o que desmoronava com materiais leves como compensado de madeira, amianto, calamina e fibrocimento. Tudo servia. Utilizávamos paletes velhos, caixotes de fruta, caixas de ovo, isopor e até sacos de lixo. A maioria dos nossos vizinhos havia crescido em lugarejos caixinha de fósforo, conjuntos habitacionais com palafitas e puxadinhos ilegais. Pegar em ferramentas de construção era uma memória de subsistência, parte do aprendizado periférico de levantar casinhas com restos. Quando você nasce sem nada, faz maravilhas com o escasso. Montagem após montagem, um Frankestein de lixo. Corpos que tinham resistido a casas incendiadas, enchentes, inundações e terremotos. Um país erguido à base de acampamentos e obstinação.

Apesar das muitas horas de trabalho coletivo, quando ainda tínhamos energia, a gente se divertia. Apesar da dor, encontrávamos um jeito de rir. Alguns dias, transformávamos os martelos em microfones improvisados, cantávamos clássicos românticos melosos, aprendíamos salsa com as vizinhas caribenhas ou imitávamos aqueles jornalistas que faziam suas reportagens nos escombros da cidade:

— Pelo jeito, a senhora perdeu sua casa. Seu marido foi engolido por um sumidouro. A senhora está morando numa barraca: já sabe onde vai passar o Natal?

Nada fazia muito sentido.

Não fazíamos reformas estruturais nem gastávamos o pouco que tínhamos, porque nada era nosso e, cedo ou tarde, tudo desabaria. Dizíamos que, se não estivéssemos à beira da morte, nos jogaríamos na arquitetura experimental andina com uma pitada de Matta-Clark, competindo com os lindos cholets[29] de Freddy Mamani.

Que futuro distópico que nada, o negócio era farra ou morte.

Nossas construções serviam para que continuássemos vivendo, para não pensarmos no abismo que carregávamos dentro de nós. Portanto, martelávamos como se fosse uma minka.[30] Cozinhávamos em pátios compartilhados, púnhamos

---

29. Cholets são edifícios coloridos e exuberantes, símbolo de ascensão social e cultural da comunidade aymara na Bolívia. O termo combina "cholo", depreciativo até recentemente, e "chalet", refletindo identidade e aspirações locais.

30. A minka, tradição andina de trabalho comunitário voluntário, promove a colaboração recíproca em atividades de utilidade social, como colheitas ou construções, com práticas que variam conforme a região.

umas boas cúmbias amazônicas no volume máximo e degustávamos algum licor caseiro. Sim, diante do desabastecimento também nos tornamos especialistas em fermentação, enquanto compartilhávamos os pequenos relatos da nossa existência.

Isso não era um filme de ação gringo, nenhum super-herói viria nos salvar.

Eu já disse, não se suspende a vida.

Você está cansado, mas tem que continuar dançando, comendo, amando.

Porque, senão, é melhor morrer ali mesmo.

A TEORIA DO CONFLITO CENTRAL

Às vezes, a história está repleta de fatos irrisórios que levam à calamidade: mal-entendidos, frases, ninharias ou grandes mistérios. Nosso enigma comum é que nunca soubemos qual acidente provocou os primeiros sumidouros. Um dia, assim como eles apareceram, deixaram de aparecer. E assim, do nada, também parou de tremer.

A versão difundida pelos grupos neofascistas que dominavam as redes sociais, os jornais, as notícias, a imprensa em geral, afirmava que se tratava de uma série de ações terroristas e de organizações infiltradas nos territórios indígenas. Supostamente os mesmos que haviam derrubado os edifícios no movimento do colapso eram os responsáveis pelos abismos no chão. Porém havia um problema nessa teoria: os indígenas éramos nós.

A verdade é que muitos de nós que morávamos na Capital tínhamos nos envolvido diretamente no movimento de demolição e expropriação, mas uma questão muito diferente era a origem dos sumidouros. Nunca nos propusemos a abrir bocas profundas para a miñche mapu, o submundo. Não pretendíamos perturbar Viracocha. Nosso negócio era a luta contra as imobiliárias e suas construções de morte e usura.

Tampouco tínhamos uma organização rigorosa, salvo pequenos surtos de espontaneidade. Sempre fomos um pulso monstruoso, sem cabeça, combatendo no corpo a apatia que nos haviam ensinado disciplinadamente. A luta era uma forma de desaprender o abatimento, um gesto de esquecimento diante da docilidade, diante da triste instrução da indiferença. Nosso negócio era desobedecer.

Foi assim que tudo começou, um contágio.

No fim, a história reiterada da ordem emergia da oficialidade, com sua dicotomia estabelecida. Era disso que tratava "a teoria do conflito central", uma retórica na qual empresários e governo justificavam a existência do movimento popular como parte de uma operação terrorista, negando-se a aceitar que se tratava de um descontentamento generalizado. Assim, a instalação narrativa consistia em propor um grupo de personagens bons contra personagens maus, com a intenção de resolver o problema e possibilitar um desenlace. E, de quebra, com essa desculpa, tiravam a responsabilidade do modelo hipócrita e brutal que haviam instalado nas vísceras do país.

Nas redes sociais, nos aplicativos de mensagem e em todo tipo de viralização cibernética, lia-se:

> "Os culpados pela destruição são ETAFARCFPMRSLFORAEZLN".

Eles forjavam áudios, que depois eram enviados como spam, onde relatavam como haviam visto os responsáveis, encapuzados, bombardeando o chão. E, obviamente, apesar de estarem encapuzados, pareciam ser migrantes ou indígenas ou pobres. Ou tudo isso junto.

No meu impulso arquivista, guardei tudo. A seguir, transcrevo uma parte desses spams com minhas interpretações, um joguinho que Leila e eu inventamos durante os dias terríveis:

"Não dá pra entender porranenhuma que esses índios de merda dizem. Eles não falam espanhol. Onde é que eles pensam que estão? Isso aqui é a Pátria, porra. Aqui se fala ESPANHOL. Viva a Pátria!"

Isso significa que suas línguas indígenas ou a linguagem coloquial lhes parecem ininteligíveis. Daí podemos inferir que advogam por um purismo léxico fictício que paradoxalmente não condiz com os modismos que empregam. Além disso, acreditam fervorosamente na pátria, isto é, seu país.

"Cambada de favelados imbecis, cabeças pretas, pobres de merda."

Isso significa que os manifestantes apresentam certa morenidade, e se referem com um tom pejorativo ao grupo de oprimidos, seja pela sua classe social ou sua origem. Não há nenhuma diferenciação por gênero.

"Porque, porque, porque sim. São sempre os mesmos. Eu os vi. Eu os ouvi. Eu estava lá."

Isso significa que eles são sempre os donos da verdade, já que por algum motivo misterioso estão sempre no lugar exato dos acontecimentos para denunciá-los na mídia.

Também não faltaram parentes distantes — ou até próximos — de amigos, denunciando os incêndios, os apagões, as invasões. Utilizaram os meios virtuais para criar montagens de imagem após imagem, onde uma explosão na Ásia ou um bombardeio no Oriente Médio constituía a origem do conflito, uma prova incontornável da nossa responsabilidade. Diversas viralizações de vídeos situados num território distante, com outras línguas, outros corpos, outros problemas, que de repente pareciam ser suas fontes de acusação e denúncia.

Nesse ponto da revanche, não há reflexão possível. Todos buscam uma verdade inquestionável.

Também não faltaram fura-greves, como os que acusaram Pascale no trabalho. Os empobrecidos que queriam guerrear contra outros empobrecidos. Passamos a conviver em meio a ondas de fake news que não causavam desconfiança em quem já estava convencido. Sobretudo naqueles que precisavam de uma desculpa para ratificar sua irritação. Anonimamente, um enxame de *haters*, escondidos atrás de avatares de criatividade duvidosa, lançavam seus símbolos delirantes de ódio como se fossem mensageiros escolhidos. O mesmo território que viu nascer os antigos chasquis do Tahuantinsuyo[31] hoje nos brindava com carteiros de inteligência artificial programados para capturar algoritmos em execuções repetitivas. A técnica comandada pela instrução polarizada avançava sobre a existência como uma nova força dominadora, subordinando discursos, sentidos e tempos. Assim, na base da publicidade, os *likes* do fascismo cresciam a olhos vistos:

```
public class Main {
    public static void main (String [] args) {
        String
```

31. Tahuantinsuyo, ou "Quatro Regiões do Sol", foi o vasto território do Império Inca, com capital em Cusco, que abrangia partes de seis países da América do Sul.

"Emoji de bomba";
"fogo";
"cara de vômito";
"arma";
"punho branco";
"bandeira da Pátria";
"tanque militar";
"muro"
"bandeira da Pátria";
"punho branco";
"arma";
"coração + bandeira";
"Pátria, bandeira, Pátria, bandeira";
("hashtag, hashtag, hashtag");
    }
}

Em plena crise da informação falsa, houve também uma avalanche de fugas nos grupos de mensagens virtuais. O fenômeno social da debandada se manifestou nos chats de familiares, de amigos e do trabalho. Personagem "x", fulano ou senhor-não-sei-das-quantas:

"Saíram do grupo."
"Saíram da conversa."
"Foi bloqueado pelo usuário 'x'."

Além disso, houve quem duvidasse do relato absoluto sobre as falhas geológicas, já que as imobiliárias receberam um seguro milionário após a catástrofe para em seguida continuar construindo prédios na direção da cordilheira. Limitaram-se unicamente a transferir seus negócios para fora da área destrutiva, fora da desolação. As empresas não demoraram muito a anunciar apartamentos, casas e condomínios "sustentáveis", "ecológicos", "orgânicos". Enquanto isso, nós, os habitantes do centro e das periferias, vivíamos amontoados nos edifícios expropriados, em meio às ruínas e nas barracas improvisadas.

Eles levaram embora suas farmácias, seus bancos, seus cassinos, suas academias, suas clínicas, até o oriente do oriente e além. Iniciaram a construção de uma nova cidade cercada, uma refundação da urbe que chamaram de EcoMahuida. E, em plena cordilheira, instalaram um letreiro enorme com letras brancas e maiúsculas que dizia:

"À ALTURA DE UM NOVO NASCIMENTO."

Mahuida, em mapudungun, significa montanha e floresta.

Sim, paradoxalmente as mesmas pessoas que nos apelidavam de terroristas agora tomavam palavras das línguas indígenas que maldiziam, para seus próprios interesses. E se mandaram num êxodo elitista. Mais perto da montanha, mais perto dos condores, mais perto dos pumas, onde ainda há uma floresta nativa e o rio nasce cristalino, hoje surgem novos campos de golfe.

Apenas o centro e as periferias foram abandonados, porque sabiam que o terreno cederia a qualquer momento. O mais desolador dessa história é que tudo continuou como antes, mas com uma desigualdade ainda mais profunda.

As fraturas e os buracos da terra também perfuravam nossa carne. O corpo que um dia foi um coletivo capaz de coexistir estava se desmembrando. Estávamos nos desfazendo como um cacho de uvas bicado por um pássaro faminto ao sol.

Nós éramos as uvas, o pássaro e o sol, ao mesmo tempo.

Não havíamos vencido e estávamos completamente desprotegidos.

ANIMITAS

No dia em que ficamos sabendo sobre a nova cidade EcoMahuida, não consegui conter minha fúria. De repente, a alegria da expropriação havia se transformado num simulacro terrível. Estavam rindo da nossa cara. A máquina do continente continuou funcionando, mas a paisagem era diferente, parecia um campo de batalha ou a aterrissagem de meteoritos.

Eu não queria jogar minha ira em ninguém, porque era fácil se perder entre as ruínas. Às vezes, a gente derrama a fúria contra as paredes como uma língua afiada, e todos saem feridos pelos estilhaços dessa colisão. Então falei a Pascale que ia bater perna na rua e comecei a vagar por entre os escombros. Andei, andei e andei, sem rumo certo. Parei em frente às estruturas ausentes do que eu me lembrava: aquela galeria, árvore, loja ou casa que existiam na minha memória e que agora eram só uma montanhazinha de restos.

Até aquele momento, eu havia estado tão submersa no movimento e nos sumidouros que nunca notei a quantidade de animitas que as pessoas haviam erguido para honrar seus mortos. Apesar de tudo, existia um lugar para o luto. Essa dor era a única coisa que não tinha sido levada para a cordilheira.

Em várias esquinas, diversas mãos construíram pequenas casas de adobe, uma mistura de palha e barro, para abrigar seus espíritos entre brinquedos, flores e fotografias. Centenas de velas derretidas se amontoavam na beira desses pequenos santuários e a cera seca formava estranhas figuras no chão, um amálgama branco que não parava de queimar. Sem pensar, afundei a ponta do dedo indicador na cera quente, e a queimadura deixou uma bolha na minha impressão digital.

Mas não era tão fácil apagar o corpo como se apaga a cidade.

Em silêncio, fui até as placas penduradas nas casinhas. Ali repousavam nomes, dedicatórias e datas recentes, muito recentes. Cada letra estava talhada cuidadosamente em escrita manuscrita ou gótica.

Ainda não havia pedidos nem agradecimentos por favores concedidos.

Ainda não havia santos nem milagres.

Apenas declarações de amor.

"PARA MINHA MÃEZINHA OLIVIA SILVA CAYUMIL:
SUA MEMÓRIA VIVERÁ PARA SEMPRE NA LUTA.
DE SUAS FILHAS E NETOS COM AMOR INFINITO."

"À MINHA QUERIDA ESPOSA, LUCIANA GUZMÁN:
NUNCA ESQUECEREI A PRIMEIRA VEZ QUE VOCÊ SORRIU PARA MIM.
TE AMAREI ATÉ DEPOIS DA MORTE.
TUA, INÉS."

"LAUTARO RODRÍGUEZ CAMPILLAY, NOSSO FILHINHO:
PARA SEMPRE NOS LEMBRAREMOS DAS BATIDAS DO SEU CORAÇÃO, DO SOM DA SUA RISADA E DAS SUAS

PRIMEIRAS PALAVRAS.
AMAMOS VOCÊ, MAMÃE E PAPAI."

Eu me sentei diante da última animita e minha fúria se transformou. Não sei exatamente em quê, tudo era confuso. Mas imagino que ler as dedicatórias fez com que eu me sentisse pequena. Aquele amor também não faz parte da história oficial das nações, impossível. Ele transborda. Queremos escrever os nomes dos nossos mortos, registrar sua passagem por esta terra. Pronunciar cada letra até que o som deixe de ser um eco dentro do corpo e se espalhe para os outros. Não importa sua fugacidade, importa sua insistência. Ela esteve aqui, ela segurou minha mão. Uma animita é a invocação do seu calor.

Fiz o sinal da cruz e acendi cuidadosamente uma das velas. E, como oferenda de oração, rezei em voz alta o único poema que sei de cor. Pascale escreveu esse poema no verso do primeiro cartão-postal que me deu. A imagem era uma xilografia em duas cores do artista Santos Chávez. Um campo de trigo ordenado, algumas espigas arqueadas pelo vento, traços pretos finos sobre um sol vermelho. Abaixo estava escrito: "Suave vento da tarde". Desde essa primeira carta, passei a imaginar seu abraço como uma leve brisa de abril. Do outro lado, com uma letra bagunçada e tinta preta, escreveu um poema de Adriana Pinda:

Meus mortos brotam no corpo
com doçura de borragem e palqui macio
levantada
no arco da morte sou agora.

*

Como aquele vento, como o palqui.

Kiñe truyu, Pascale.

Continuei o caminho errante. Por inércia ou memória corporal, cheguei ao bairro da mãezinha awicha, que estava varrendo a poeira e as cinzas da calçada. Um gesto inútil, mas que nem por isso ela deixaria de fazer. Assim que me viu, chamou mami Rosita e tia Camelia. As três correram para preparar um suquinho de maracujá e um pão com doce de marmelo.

— Come algo doce, miafiaa. Vai te ajudar. Você tá puro osso, olhaaa. E essas olheiras, miafiaa. Aposto que não tá dormindo. Toma, uma panelinha com ajiaco de papa pra você — disse a awicha.

Comecei a chorar de novo. Eu tentava comer, mas me afogava em suspiros.

— Obrigada, awicha — entre soluços. — Poxa, mãezinha. Estou muito cansada, estou até mal da barriga. Sabe que faz dias eu estou sentindo uma bola aqui — disse a ela, mostrando minhas costelas. — Você ainda tem alguma daquelas suas ervinhas aí? Enfim, um chazinho.

— Tá bem, vou fazer um chazinho pra você, mas não chora, miafiaa, pra que se desgastaar desse jeito. A gente ainda tem muito que fazer, nem que toda a vida fosse puro lucro — respondeu com firmeza.

— Ai, isso tudo é angústia, filha — disse Rosita e me abraçou.

Foi a primeira vez que sua temperança aportou no meu corpo por tanto tempo. Fiquei naquele calor, tentando encaixar a cabeça no ombro dela. Tentei escutar as batidas do seu coração. Ali minha mãe apareceu. Não minha irmã mais velha, não a filha da minha awicha. Rosita sempre me pareceu um mistério, um enigma. Sua voz aguda, seu corpo magro e diminuto. Quando criança, eu era obcecada pelo cheiro da roupa dela, um suor doce, como se no fundo daquele aroma pudesse encontrar o pedacinho dela que eu desconhecia. Talvez a parte estranha da minha mãe fosse sua incapacidade de se jogar no amor. Nunca vi minha mãe apaixonada, nunca conheci algum namorado seu, um amante. O único testemunho da sua paixão era eu, sua desobediência ao comando materno, sua fuga à autoridade, seu arrebatamento. Finalmente, o que eu desconhecia da minha mãe repousava no passado, no calor de um pai ausente e no fundo de mim.

As três encheram uma sacolinha com tudo que pudesse ajudar. Ervinhas, pão, verduras, alguns comprimidos de clonazepam para dormir. Antes de eu partir, olharam para mim por um bom tempo em silêncio. Tia Camelia se aproximou e me deu uma muda de peperômia num frasco com água. "Veja, ela sobreviveu para que você não se esqueça do que é importante", ela disse. E eu tenho certeza de que os olhos da mami Rosita se encheram d'água, mas ela segurou as lágrimas para me dar força.

Dessa vez não conseguimos fazer piadas.

Ali tudo cheirava a caldo de legumes e fritura doce, a massinhas para amortecer a tristeza.

Fui embora com minha sacolinha, meu embornal improvisado. Assim que cheguei à esquina, um cachorrinho magro abanou o rabo para mim. Suas costelas estavam aparentes e lhe faltava uma patinha. Parecia que no fundo ele era branco, mas tinha a cor acinzentada da cidade em cinzas. Eu me agachei para lhe dar um pedaço de pão, que ele engoliu com uma só mordida. Fiz um carinho no seu lombo e o vira-lata se deitou de costas para que eu também acariciasse sua barriga. Isso me fez rir.

— Olha só, mas que cara de pau. Eu te dou a mão e você já quer o braço.

— Au-au — ele latiu suave e ofegante com a língua para fora.

— Está com calor? Se você me seguir, posso conseguir uma aguinha pra você em algum lugar.

— Au-au — afirmou.

"Imagino que isso seja um sim", disse a ele, e seguimos juntos. O cachorro andava muito bem sem sua patinha, parecia um acidente distante, de outra vida. Eu me perguntei em silêncio se seu corpo guardaria a lembrança da parte ausente, do seu membro fantasma. Que sensação ele guardava na carne peluda? Seria parecido com estar diante daquelas animitas, diante dos sumidouros?

Fiquei um bom tempo pensando nisso, até que falei com ele em voz alta:

— Por acaso você tem um nome?

— ... (sons ofegantes e movimento de três patinhas acompanhando o passo).

— Imagino que isso seja um não. Olha, podemos conseguir uma aguinha aqui na sra. Menche.

Já havia chegado à praça em frente ao prédio onde eu morava. Nos tempos mansos, a sra. Menche se dedicava a vender jornais, cigarros e bilhetes de loteria. Era o que chamávamos de qhatera, uma comerciante. Agora ela vendia comida caseira barata. Lembro que quando eu era pequena sentia medo dela, porque no lugar da mão esquerda tinha um gancho. Minha awicha me proibiu de lhe perguntar o que havia acontecido. "Deixa de ser impertinente, miafiaa", ela me dizia. Mas as outras crianças diziam de brincadeira que a dona Menche era uma yatiri acidentada e que um suposto raio impreciso havia provocado o infortúnio. Eu não acreditava em nada do que aqueles meninos mentirosos diziam, além do mais a sra. Menche vinha do Sul. Ela pode ser até machi,[32] mas não yatiri, pensei na época.

— Oi, sra. Menche. Tudo bem?

— Oi, filhinha. Tudo bem, graças a Deus. Se bem que nesses tempos a gente faz o que pode. Estou vendo que vem acompanhada, trocou Pascale por um vira-lata?

— Tipo isso. Estava pensando se a senhora não pode me dar um pouquinho de água, o cachorrinho está sedento há vários quarteirões.

— Não me diga. E ele não tem uma patinha! É dos meus, então, estamos bem arrumados, hein — disse, sorrindo.

— Eu o encontrei perto da casa da minha awicha.

— E como se chama?

— Parece que não tem nome. Perguntei, mas ele ficou calado.

— Mari, mas você precisa batizá-lo. Todos nós merecemos pelo menos um nome — disse ela, seriamente.

— Sim, também acho. Mas não sei se sou muito boa com nomes. Agora não me vem nenhum à cabeça a não ser "Pachakuti".

— E o que isso significa?

---

32. Machi é a autoridade religiosa do povo mapuche, responsável por cerimônias como o machitún e o nguillatún. Hoje, a função é majoritariamente desempenhada por mulheres.

— É uma palavra composta, significa algo como "o mundo ao contrário".

— Ahh, como o que estamos vivendo agora.

— Isso mesmo. Cai como uma luva para estes tempos. É ou não é?

— Pa-cha-ku-ti, já aprendi. Prometo que não vou esquecer. Toma, Pachakuti, um pouquinho de água pra você. — Dirigiu-se ao cão com um copo d'água, ele se aproximou alegre para lamber. — Que sede ele tinha, hein. Parece que também aprendeu seu nome rapidinho.

— Obrigada, sra. Menche. Sabe, saí de manhã com tanta raiva, mas agora me sinto um pouquinho melhor.

— Mari, não desanima, levanta a cabeça, hein. Você sabe que eles nunca perdem, mas nós tentamos. Quando você estiver velha como eu, pelo menos vai poder dizer que esteve do nosso lado.

— Espero chegar a ser velhinha... Não estou dizendo isso pela senhora, hein. Estou com o coração partido, mas vai passar.

— Fazer o quê? Nós pobres nunca nos damos bem com essa coisa de justiça. Olhe, leve esses pinhões aqui para a sua avozinha. Da outra vez ela me disse que tinha vontade de provar.

— Obrigada, Menchecita. Me ajuda muito ouvir a senhora. Passa os pinhões para cá, que eu levo para a patroa.

— De nada, filhinha. As velhas estão aqui pra isso. Ahh... Mari...antes que eu me esqueça, tenho um recadinho para Pascale.

— De quem?

— Um recado meu só, ué. — Ela se aproximou do meu ouvido esquerdo e sussurrou. — Olhe, fale assim: "Não tenha medo, tudo se aprende".

Naquele momento, senti um calafrio na nuca. A única coisa que consegui dizer foi: ai, quanto mistério! E ela esboçou um sorriso firme, segura de si mesma, como se estivesse apostando num número vencedor.

Carregada de comidas, plantinhas e com Pachakuti nos braços, subi o edifício. Entrei no apartamento, cumprimentei Pascale, que vestia o macacão que usou no dia em que nos conhecemos. Entre a surpresa e a ternura, abriu exageradamente a boca. Logo, agachou-se para fazer carinho em Pachakuti e se ofereceu para dar banho nele. Então, beijei sua testa e disse: "Não tenha medo, tudo se aprende". Pascale sorriu de volta e me perguntou com desconfiança, entrecerrando os olhos: "Você está dizendo isso por causa do cachorro?". Eu só consegui dar de ombros em sinal de dúvida, enquanto rezava por dentro:

Na curva dos seus lábios
o calor do palqui macio,
um sorriso seu bastará para me curar.
Amém.

EMERGE O RETORNO

Então, a ilusão do retorno a Chilco começou a ser modulada com mais frequência nos lábios de Pascale. Desde o último verão que passamos na casa do seu pai, Pascale não parava de falar de forma idealizada da vida na ilha. No início, pensei que fosse uma tentativa de devaneio, uma fantasia passageira, então eu entrava na dança, entre uma ideia e outra.

Saíamos para caminhar pelas falésias, pelas ravinas e pelas pequenas passagens de cabanas construídas nas colinas. Chilco era silenciosa, afastada da agitação da cidade, mas abrigava una ressonância insistente de animais e aves oceânicas que nos seguiam como um murmúrio de fantasmas. Sim, às vezes isso também me assustava. Talvez fosse algo no eco que nos envolvia ou naquele acúmulo de camadas e camadas sonoras. Vozes de pescadores, rugidos de leões-marinhos, alvoroço de ondas e grasnidos de pelicanos. Não era preciso vê-los para notar sua presença, uma presença múltipla que nos acompanhava durante todo o percurso.

Olhávamos para as casinhas, as cores, o oceano salpicando sal, e, como se voltássemos à infância, caminhávamos e dizíamos: "Eu moraria nesta casa, teria este quintal, pintaria as paredes desta cor. Queria ter essa janela com trepadeiras de madressilva, com buganvílias fúcsia, com samambaias. Adotaria dois cachorros, um cavalo, uma galinha e três gatos".

E seu corpo, seu corpo se movia agitado pelo vento, arrebatado pelo aroma de jasmim dos jardins vizinhos. Foi nosso verão mais bonito, longe dos sumidouros, das mortes e dos militares. E entre tanta tristeza e frustração, Pascale parecia feliz, depois de muito tempo.

Os chilquenhos nos cumprimentavam com uma distância cordial, especialmente no caso de Pascale. Nem todos reconheciam sua infância entre as ondas. Eles sondavam, olhavam para a gente com curiosidade, até que, depois de nos observar por um tempo, trocavam algumas palavras e então a língua de Pascale encontrava novamente a deles. Uma entonação, uma cadência e traços de mapudungun como sinal protocolar na saudação. A partir daí, os abraços, os ta kuifi, a pergunta pelo pai e pela irmã. Nunca pela mãe. Nunca por Antonia, o fantasma dissidente.

A distância do continente configurava um novo olhar sobre os dias, outro filtro caía sobre nossos ombros e finalmente sentíamos certa calma.

A ilha não estava fora da crise política, pelo contrário, ela empobrecia rapidamente. Não havia empregos formais, faltavam alimentos e insumos básicos. A luz era cortada todo dia. Contudo, pelo menos podíamos dormir sem pesadelos, sem o zumbido dos helicópteros sobrevoando, sem o rugido das patrulhas vigiando nossa vida. Não era inocência, sabíamos que o lugar não era um paraíso, embora também não acreditássemos no inferno.

Pascale dizia que aqui as pessoas tinham se acostumado a resistir como podiam, já entendiam de carências e espoliações com tanta memória de sobrevivência impregnada nos ossos.

Havia um ditado na sua família: "Se não há luz, fabricam-se velas". Tempos depois descobri que essa frase fazia parte da história de Chilco, estava inscrita em diversos artefatos, abrigada nas profundezas de cada lar. À medida que eu visitava mais casas na ilha, revelavam-se diante de mim jutas bordadas, pequenas gravuras e madeiras entalhadas com essa frase em letra manuscrita. Não era difícil perceber que a história da sua família também era a história da ilha.

A questão é que o povoado inteiro teve que manufaturar velas de óleo e sebo na ditadura e em outras épocas terríveis, porque até a máquina da morte se esquecia deles. Tinham sido autorizados a habitar um eterno limiar entre a dor da vida e a agonia. A eletricidade da ilha dependia de uma pequena central termoelétrica e do petróleo que chegava do continente mês após mês, de modo que qualquer problema no continente acabava afetando Chilco. Portanto, as velas simbolizavam algo mais profundo, uma revolta da linguagem para verbalizar o desejo coletivo de independência.

E naquelas conversas que se estendem até a hora de dormir e que nos fazem sonhar com as últimas palavras, Pascale mencionava a fantasia do regresso. Misturava um sem-fim de relatos que tinha ouvido desde sempre no registro oral da sua ilha, uma tradição transmitida de boca em boca a cada geração chilquenha. E eu ficava hipnotizada com suas aventuras, como se aquele povoado ainda vivesse lutas armadas, piratas, tesouros, revoltas indígenas e batalhas épicas. Como se fosse um território insular muito diferente daquele que eu conhecia.

Não sei se foi porque Pascale falava isso antes dos sonhos e do toque da nudez, mas a ideia começou a se alojar num recanto do meu organismo. Pouco a pouco, fantasiosamente, Chilco foi deixando de ser uma ousadia impossível. Então, sua palavra aparecia como uma semente penetrante, um desejo em forma de canteiro que, sem medir o tempo, foi se posicionando bem naquela cavidade infértil do meu corpo, o órgão que ainda faltava crescer em mim.

FALSAS FÉRIAS

Mas, para além da ilha, começava a me seduzir o impulso de abandonar o conhecido. Eu não tinha uma vida especialmente aventureira; sou o tipo de pessoa que trabalhou na mesma coisa desde que saiu do colégio. Anos entre as mesmas ruas, pontos de ônibus enferrujados, pombos sem patas e cachorrinhos velhos. Eu gostava de viver num território que, ao cair da tarde, se enchia de idiomas e comidas nas ruas centrais. Amava caminhar pelo mercado, pelas feiras, pelas lojas de tecidos do Oriente Médio. Amava escutar o árabe se misturando com o crioulo haitiano, o quéchua e o coreano dos meus vizinhos. Amava tudo que existia na cidade Capital antes dos sumidouros.

Eu tinha uma cidade tão amada e montada na minha cabeça que nem me arrisquei a procurar pelo meu pai ou pelos meus antepassados no Peru. Muito menos havia considerado recuperar meu ayllu.[33] Talvez fosse por medo das mulheres fortes da minha família e sua escolha de fincar raízes numa cidade adotada. Vai ver eu tinha medo de me tornar uma pessoa triste

33. O ayllu é uma forma tradicional de organização social andina baseada em laços de parentesco e divisão territorial com funções econômicas e sociais compartilhadas.

que se move constantemente sem pertencer. Ou talvez fosse simplesmente por comodidade.

Fiz apenas pequenas viagens para outras cidades por alguns dias, algo não muito diferente das falsas férias que costumávamos tirar lá em casa para ir à praia uma vez por ano. Digo falsas férias porque mesmo o suposto descanso no litoral se transformava numa extensão do armazém. Todo verão de mar, dona Flor, Rosita e Camelia se preparavam para transportar a mercadoria na sua Fiorino branca e depois montavam barraquinhas ambulantes improvisadas em plena orla. Bastava um awayo,[34] um toldo estampado com a bandeira do Peru e um piso desmontável para que logo se ouvisse o grito característico, meio cantado, da awicha: "Pode vir, freguesinhaa, freguesinhaa, freguesinhaa, pode vir!".

E sobre o vibrante tecido andino dispunham-se toalhas, guarda-sóis, baldes plásticos e um ou outro petisco para acalmar a barriga, como chumbeques ou ceviches.

Fecho os olhos e volto àqueles dias, ao meu cartão-postal de falsas férias.

Aparecem os corpos dourados, tomando sol até a pele ficar esturricada. As meninas se jogando nas ondas, mergulhando de cabeça, com seus cabelos espalhados na espuma. Toalhas com piqueniques improvisados, garrafas de três litros, cervejas, melancias com farinha tostada, ovos duros e palmeritas. As crianças

34. O awayo é um tecido tradicional andino utilizado em diversas regiões da América do Sul, especialmente entre os povos indígenas. Tece-se com lã de alpaca, ovelha ou lhama, e é caracterizado por suas cores vivas e franjas alternadas.

violáceas que imploravam às mães e, entusiasmadas, não saíam da água até escurecer, mostrando seus dedos enrugados. O protetor solar com perfume de coco e baunilha na pele, deixando aquela sensação pegajosa, aquela desconfortável camada grossa que respingava no meu biquíni. O cheiro do talco de lavanda que a mãe Rosita espalhava nas minhas coxas para evitar assaduras e o contraste da areia manchada de pó branco. De vez em quando, eu desviava os olhos para o chão ou para o mar para não sentir o olhar oblíquo mas insistente de estranhos que interrogavam avidamente a quase nudez infantil.

Felizmente eu não estava sozinha. Elas estavam ali, sempre. Elas sempre estavam.

Dias de descascar a pele queimada, construir torres com moedinhas, observar o mundo em tons de sépia através dos meus óculos de sol em forma de coração e tomar Inca Kola geladinha imitando o canto vendedor da awicha. "Freguesinhaa freguesinhaa freguesinhaa." E da caixa de som da minha tia ecoava a inconfundível voz da Morena de Ouro, santinha da devota Camelia, que cantava gemendo*: mas volta, para encher o vazio que você deixou quando partiu, volta, volta, nem que seja para se despedir. Não deixe que eu morra sem te dizer adeus.* Tudo isso enquanto ela movia as mãos como se pertencessem por promessa ao vaivém do mar. Então, a awicha dizia que, se ela continuasse com aquela palhaçada de dor, ficaria cheia de piolhos brancos e nem o amargor do natre poderia salvá-la.

Não sei para quem minha tia cantava.

Tão bonita ela, com seu maiô vermelho-cereja.

Nunca conheci seu amor.

Mas uma vez ouvi, ou imaginei, que foi um finado dançarino de tesouras de Ayacucho.

Embora eu não tenha certeza. Minha suspeita faz parte daquelas histórias de infância que hoje parecem veladas entre os escombros. O pó leva tudo.

No fim das contas, não se pode fugir, eu acho. Tenho a estrutura disciplinar de dona Flor tão arraigada no corpo, uma fissura tão profunda que acabo imobilizada. A quietude da awicha pode ser o sinal daqueles que migram e se agarram desesperadamente a um território, os pés fincam raízes que se entrelaçam embaixo da terra para não voltar à incerteza.

ABANDONAR A TERRA PARA SE PERDER

Em Chilco há uma escola rural de educação básica que reúne meninos e meninas da ilha. Na realidade, a instituição escolar consiste num terreno cercado com alguns contêineres que funcionam como salas de aula para diversas gerações de crianças todos os anos. Não existem escolas de ensino médio, o que torna a viagem de Chilco ao continente um rito forçado para aqueles que podem ou desejam continuar os estudos. A passagem da educação básica para o ensino médio é um rito comovente e voraz, implica certa autonomia e desprendimento da matriz pela força. Eles deixam para trás o ventre da ilha e adentram a vida adulta continental. A maioria, por comodidade ou precariedade, vai morar em Bahía, o primeiro destino em terra firme próximo à ilha. Para eles, existe um internato especializado com cursos técnicos, que se transformou num refúgio austero para famílias adolescentes.

Ao finalizar o internato, a norma geral é conseguir trabalho no porto, prestar o serviço militar ou tentar um emprego nas refinarias de combustível. Esse último destino é o mais desejado tanto pelos chilquenhos quanto pelos bahianos, em poucos anos ganha-se bem, mas as sequelas são irreversíveis. Viver com dinheiro, morrer rápido. Cada trabalhador dessas indústrias tem a carne do corpo impregnada de metais pesados. O sangue envenenado com pequenas partículas de chumbo, o sangue como um rio submetido aos tóxicos de uma represa voraz. A pele deles é enrugada; as mãos, curtidas. A maioria não chega aos sessenta anos de vida. Seus órgãos se decompõem em fragmentos contaminados e rachados por arsênio, selênio e mercúrio. No entanto, podem se permitir comprar uma boa casa, ter um carro da moda e pagar uma rodada de cerveja para todos os vizinhos no fim do mês.

As prioridades daqueles que não nascem no reino dos privilégios, mas estão subjugados pela ideologia do sucesso, podem ser um mistério incompreensível para quem sonha com perfis romantizados de trabalhadores.

O gozo e o desejo são apenas um piscar de olhos numa tediosa vida de automatismos. É por isso que existe o carnaval, a folga e a entrega às banalidades, assim que a sexta-feira chega e a fábrica fecha.

O avesso de abandonar a ilha era ficar em Chilco e viver como pescador ou marisqueiro, como as Alguinhas Marinhas. Ou inventar alguma coisa, como a bandinha Wapi. A menos que você tivesse uma herança familiar, uma profissão essencial ou um salva-vidas para protegê-lo dos infortúnios, não havia alternativa. Foi assim com todos os amigos e colegas de infância de Pascale, e também com sua família. Mas Pascale desafiou essa diretriz, não acatou a norma imposta pela convenção resignada daquele tempo. Seu desejo era outro, queria escapar e não voltar para a ilha ou morar em Bahía. Sonhava em ir o mais longe possível, que a viagem fosse longa e contínua. Revisava mapas, rotas e procurava territórios remotos e distantes que se parecessem com as histórias ou os poemas que Antonia lia na sua infância. Marcava cruzes com um lápis vermelho nos atlas e nas cartas náuticas. Poderia ter sido astronauta se quisesse, desde que tivesse o ofício da fuga. Naquele momento, sonhava em se perder entre as ondas de outros oceanos, conhecer o golfo de Bengala, o mar de Okhotsk, as águas persas. Escutar as línguas alheias e mergulhar no intraduzível, balançar no vaivém de outros aromas e sabores. Desconhecer o mundo e vice-versa. Balbuciar em idiomas estrangeiros e, finalmente, desaparecer no anonimato.

Talvez esta fosse sua verdadeira pulsão, autodestruir-se.

Dissolver-se até o inorgânico.

No entanto, tudo tem um ponto de partida.

A primeira coisa que fez foi cortar o cabelo rente, quase raspado. Apertou partes do seu corpo com uma faixa. Mudou seu tom de voz. Conseguiu outras roupas. Sua estratégia era viajar como marinheiro mercante, conseguir uma vaga no próximo navio. Tudo parecia estar indo bem, até que alguém descobriu seu plano. E diante do desconcerto do indefinível, da ambiguidade que sua existência representava aos olhos dos outros, dois homens começaram a atacar. Logo outros se juntaram a eles. Uma confraria que se regozijava com seu poder. Enquanto alguns debochavam, outros fizeram um corte reto em seu rosto.

Pascale ainda guarda essa cicatriz na testa.

Ainda lembra do brilho frio da navalha.

Eles gritaram tudo que inspira ódio.
~~Índia bichona~~
~~Endemoniado~~
~~Viado de merda.~~

Pascale fez todo o possível para escapar. Com a vista nublada, as roupas cobertas de sangue e mancando, foi até a casa da srta. Graciela Ñanco, sua professora-chefe no colégio. Graciela foi amiga e confidente durante aqueles anos difíceis. Era a única que podia ajudar em silêncio, sem pedir nada em troca. Havia se afeiçoado a Pascale de forma amistosa, quase maternal. Há algo na ausência da mãe nos corpos órfãos, algo semelhante ao eco de um quarto vazio. Você quer dizer palavras em voz alta, ensaiar. Preencher a ausência com linguagem, preencher o insuportável com afeto.

A professora tinha percebido em Pascale aquela centelha de confiança que algumas pessoas conseguem pressentir em outras, aquela intuição de quem lança cartas ao destino sem ser tarólogo. Por isso ela sempre tinha um conselho gentil, um abraço nos dias sombrios. Gestos que podem orientar, proteger ou até salvar vidas.

Ela não chorou ao ver Pascale. Tampouco ficou desconcertada. Fez o que precisava fazer, como se tivesse sido friamente treinada para aquele momento. Ou como se soubesse que mais cedo ou mais tarde algo assim aconteceria. Desgrudou lentamente a roupa aderida ao sangue seco na pele. Removeu as faixas. Enfiou Pascale debaixo da água morna do chuveiro, tratou seus machucados com antisséptico e álcool. Preparou uma sopa de legumes e emprestou roupas limpas.

Daquela tarde na casa de Graciela, entre o choque e o choro, Pascale se lembra com precisão do calor do caldo fumegante e do sabor suave das batatas nativas.

Pascale demorou anos para me contar esse segredo. Acho que se agarrou a esses detalhes para esquecer a aflição dos golpes e o ódio no rosto dos seus agressores. Nunca me disse se aconteceu algo mais. Um mecanismo de defesa involuntário, um pântano cinza onde tudo acabou afundando. Quando me confessou esse episódio, fiquei muda. Não consegui articular nenhuma frase, nenhuma palavra, até que depois de alguns minutos, desajeitadamente, perguntei por que não havia denunciado seus abusadores. Pascale deu de ombros e disse: "Pra quê?".

Disse isso com tanta amargura.

No dia seguinte, a professora lhe entregou uma passagem, um pouco de dinheiro, rokiñ para comer na viagem e um papelzinho com um número de telefone.

— Lamngen,[35] me escute. Este é meu último conselho, nem pense em ficar em Bahía. Aqui está tudo muito podre, muito maldito. Isto é um povoado de merda e se você ficar vão te matar, meu bem. Melhor ir pra longe, longe deste inferno. Olhe, ontem à noite eu liguei pra minha prima, a Elsita. Ela pode te receber lá na Capital — algo assim disse Graciela.

Pascale assentiu e a abraçou demoradamente. E antes de ter mais problemas, abandonou o porto para se refugiar ou se perder no interior do continente.

---

35. "Irmã", em mapudungun.

Diante da sua partida, ninguém deteve Pascale ou ofereceu resistência.

Diante da sua partida, as ondas seguiram seu ritmo.

O mar não notou sua ausência.

Tudo isso aconteceu há uns sete anos. As vidas de um gato, diz. Agora Pascale se move com facilidade pela cidade Capital, embora nunca tenha se tornado continental, muito menos uma personagem citadina. Quando lhe perguntam de onde é, responde que seu coração é chilquenho lafkenche, um coração de mar que não trai sua ilha. Depois sorri encantadoramente, com uma leve inclinação para a esquerda. Mostra os dentes, estreita os olhos e enruga a testa morena cicatrizada, como se aquelas marcas fossem feridas de uma batalha pré-histórica, um relâmpago de outra vida. E com sua linda habilidade para falar do que ama, nos envolve na atmosfera de Chilco, sem ligar para as atrocidades que os continentais inventaram sobre sua ilha. Descreve aquele pedaço de geografia como um destino inevitável, uma paisagem repleta de branco bruma, fúcsia selvagem e abismo azul, onde cada som é também uma galáxia.

Desde que conheci Pascale, ouço as mesmas respostas, mas nunca me canso de escutar o tom suave da sua voz. Não posso evitar a emoção diante da paisagem indócil que carrega dentro de si.

É que... como não se comover diante de alguém que carrega consigo todo um território?

A ERRÂNCIA PODE SER UM DESEJO ÍNTIMO

Influenciada por Pascale, comecei a considerar a ideia de uma existência errante. Além disso, inventar uma vida nova ou ficar à deriva também era uma fuga da fracassada revolução dos edifícios. Eu continuava trabalhando como secretária no museu, mas não era algo de que não pudesse abrir mão, mantinha o emprego mais pela ideia de estabilidade com que fui criada a ferro e fogo. Ter um emprego significava ter dignidade, logo, ser uma boa pessoa. Não dava para ficar de preguiça ou vagando sem rumo por aí. Para algumas famílias, as coisas eram assim e ponto, não havia escapatória ou outras possibilidades. Minhas sentenças foram inscritas entre a obediência e o costume. É verdade que materialmente não podíamos fazer muito, mas até sonhar diferente era difícil. Isso é o que acontece com as tradições, as pessoas as obedecem, continuam a repeti-las e as memorizam. Às vezes sequer se perguntam por quê. No meu caso, sempre ecoavam e ecoam as vozes da awicha Flor e da mami Rosita: "Mari, me escuta, você tem que estudar e trabalhar, se sobrar tempo você faz a comida da semana, nem pensa em ficar na rua sem fazer nadaa, hein, miafiaa", ou, quando voltava das minhas breves viagens com amigas, elas lançavam um: "Miafiaa, já tá na hora de voltar pro mundo real, vai lá atender na vendinhaa e vê se me faz a conta dos fiados". O que significava que a aventura, a audácia e o ócio não eram permitidos. Pelo menos não para pessoas como nós.

Então eu nunca me vi como alguém que poderia simplesmente desaparecer numa viagem ou se permitir questionar sua classe trabalhadora. Também não havia pensado se me interessava ser uma boa trabalhadora, ou melhor, exercia isso como um comando de educação sentimental, ou, melhor dizendo, como parte do meu doutrinamento afetivo. Além do mais, gente como eu, se não trabalha, não come. Simples assim.

No meu trabalho, eu cumpria exatamente o que me pediam. Não buscava uma promoção nem adulava falsamente para obter benefícios de uma hierarquia que não despertava meu interesse. Subir dessa forma me parecia a coisa mais entediante e até humilhante. Eu não ia puxar o saco de ninguém. Pelo contrário, acho que sempre me agarrei aos pequenos filamentos, ao imperceptível. De certa forma, é minha tentativa de passar despercebida pelos outros. Se eu pudesse escolher, se eu realmente pudesse escolher, preferiria ser:

1. Podadora de jardins.
2. Zeladora de parques.
3. Estudiosa de insetos.
4. Descobridora de fósseis.
5. Ilustradora naturalista.

No museu eu tinha um contrato de trabalho e meus direitos mínimos garantidos, isso me bastava. Não ganhava muito dinheiro, mas também não ficava subordinada por tantas horas. Jornada flexível, como dizem. Esse era meu plano secreto, minha estratégia simples. Ter uma vida para acariciar Pachakuti, cuidar das plantas e desenhar espécies de diferentes reinos. Pode parecer uma obviedade, isso de procurar um equilíbrio entre o trabalho, o descanso e o prazer, mas não era nos tempos que estávamos vivendo, e muito menos para minha família. Aquelas mulheres não separam a intimidade, a alegria e as vendas do armazém. Não as culpo, pelo contrário, tento entender de onde venho. Ser comerciante era uma parte indivisível da identidade delas, da sua tríade. E meu desejo, essa força oculta, estava muito distante dos desejos delas.

Mas aqui não se pode escolher o trabalho que desempenhamos na vida adulta, não há sonhos possíveis com os trampos. Então, minhas tarefas específicas como secretária consistiam em:

1. Fotocopiar e escanear documentos.
2. Inserir dados numa planilha interminável.
3. Receber pessoas.
4. Preparar café.
5. Organizar a agenda de várias pessoas da direção.
6. Comprar flores.
7. Pagar contas.
8. Mandar cartas e atender o telefone.
9. Cuidar do dinheiro das pequenas despesas.
10. Escrever atas e documentos.
11. Enviar cotações/licitações.

Nos últimos tempos lá, porém, graças à Leila, consegui escapar do tédio de algumas tarefas administrativas para colaborar com a manutenção e organização do arquivo. Era uma sala branca, silenciosa, com prateleiras repletas de caixas e pastas de diversos tamanhos. E por alguma estranha razão, essa disposição organizada me acalmava. Talvez porque fosse o exato oposto do negócio espalhafatoso da minha awicha.

O salão do arquivo exalava um cheiro de livro velho, de tinta, de madeira. A primeira vez que entrei nele, mencionei como aquela mistura, aquele aroma, era fascinante. "Ai, zanmi,[36] que romântica você é! Esse cheiro é como se aproximar da morte", Leila me respondeu com um sorriso de cientista no rosto e um tom pausado, tentando fazer com que eu entendesse seu sotaque, com seu R que me parecia uma mistura de L e G. Enquanto sua boca se curvava como um pequeno túmulo onde seus lábios reinavam. E claro, naquele momento aprendi que o cheiro era produzido por um composto do papel chamado lignina, um polímero orgânico do mundo vegetal. Aquele aroma que eu tanto apreciava não era nada além de um conjunto de gases liberados pela decomposição das fibras do papel.

Amar aquele cheiro, sem saber disso, era nossa devoção à ruína. Ou àquilo que estava em vias de desaparecer. O paradoxo é que naquele momento a vida estava entre escombros, entre ausências, a caminho da interrupção absoluta. No entanto, nossa cidade não cheirava a livros velhos, mas a outro tipo de morte.

Meus chefes eram irmãos e também sócios. Desnecessário mencionar seus sobrenomes, pode-se facilmente imaginá-los ou tentar adivinhá-los. Basta ler as placas das principais avenidas do país. Dois homens de meia-idade, um deles advogado e o outro

36. "Amiga", em crioulo haitiano.

fotógrafo, que também havia estudado Direito, mas abortou a linguagem jurídica. O Museo de História Natural e Social era mais um dentre os muitos espaços culturais que eles possuíam. Fazia parte da sua "missão social de democratização e difusão do conhecimento", pelo menos era o que afirmavam nos seus catálogos e no site. O avô da família, o patrão, foi o fundador da instituição, um filantropo inglês que se apaixonou pela pátria, segundo diziam. Cada vez que orgulhosamente eles contavam essa anedota e falavam da sua linhagem europeia para os visitantes famosos, Leila e eu nos entreolhávamos desconfortáveis e cúmplices, pois suspeitávamos de tanto amor desinteressado, especialmente vindo do maior colecionador de peças pré-colombianas do continente. Nessas horas, minha zanmi sussurrava no meu ouvido: "Devolve o ouro, então". E nós ríamos por dentro.

A princípio, me parecia peculiar que a maior parte da diretoria fosse a favor do movimento de expropriação e demolição. Eu nunca poderia imaginar isso. Bom, no começo, porque depois tudo se complicou. Foi assim que o mundo liberal da elite se revelou, os q'aras do progressismo. Tinham genealogias aristocráticas, rostos brancos, roupas caríssimas e um monte de fundações para as disciplinas artísticas. No entanto, não demonstravam incômodo quando eu chegava tarde por conta dos protestos ou porque não havia água para tomar banho, algo que era o pão de cada dia num mundo sem canos e sem encanamentos, por conta dos sumidouros. Ao contrário, diziam: "Grande Mari, tudo pela revolução. Estamos firmes com *vocês*!". E faziam gestos vergonhosos como erguer o punho esquerdo ou usar um bóton com um prédio em ruínas, o símbolo do movimento, como se nos dessem seu consentimento para a raiva, como se soubessem o que significa ficar numa fila durante horas para encher duas garrafas com água.

Como se realmente se importassem com a gente.

Eu respondia com um movimento seco de cabeça e uma careta de lábios apertados, porque no começo não encontrava os monossílabos para expressar minha fúria. Mas logo optei pela ironia e respondia com frases do tipo: "Sim, é tudo graças a *vocês*, o que faríamos sem o apoio de *pessoas* como *vocês*?". E, como se tivessem minha bênção subalterna, eles sorriam satisfeitos em resposta.

Embora apoiassem o movimento político, eles condenavam a violência. No entanto, na parte inferior de cada cartaz de seus eventos viam-se logos em miniatura de mineradoras, madeireiras ou hidrelétricas, junto a palavras como "patrocínio", "produção" ou "apresentação".

"A questão é que as casas deles ficam muito longe das nossas comunidades, cheri mwen,[37] esses brancos nunca saberão o que é beber água de um rio poluído. Pra eles, a violência é uma porra de uma barricada", Leila me dizia.

Ela é assim.

Uma frase sua é como uma estocada certeira no meio do coração.

A verdade é que, embora agradecêssemos por estar ali, em meio à crise, eles não estavam nos fazendo nenhum favor. E eu precisava repetir isso a mim mesma diariamente, porque, para além

37. "Minha querida", em crioulo haitiano.

do meu discurso aprendido, tinha uma sensação profunda e irracional de me sentir em dívida e era invadida por certa culpa pelo lugar que eu ocupava enquanto tudo desabava lá fora. Uma insegurança absurda se aferrava a mim, travando as palavras que saíam como espuma. Eu sabia que não era o trabalho dos meus sonhos, talvez porque meu sonho era simplesmente não trabalhar daquela forma. No entanto, podia me perder entre as ossadas de animais extintos, ouvir música quando me desse vontade e aprender sobre temas que me pareciam fascinantes. Sentia que estava num mundo que nunca tangenciava o mundo em que nasci, um universo que me havia sido negado. Em meio à catástrofe que nos rodeava, seguíamos vivendo porque não nos atrevíamos a morrer. Estávamos à beira do abismo, como aquelas plantações que resistem às geadas.

Tudo era uma performance, um grande esforço, inclusive levantar para ir ao trabalho.

Tudo era um amálgama de circunstâncias que mantinham certo equilíbrio para evitar que transbordássemos constantemente, para não cairmos no desespero, não atirarmos em nós mesmos, não sucumbirmos a uma overdose ou nos jogarmos no vazio. Além do mais, depois de ver meus antigos colegas do colégio aprisionados em trabalhos de merda, com salários de merda, com chefes de merda, trabalhar entre esqueletos de baleias me parecia algo de uma beleza invejável.

E, acima de todo o horror, lá estava Leila, minha kullaka,[38] minha ñañay,[39] minha zanmi.

---

38. "Irmã", em quéchua.

39. "Irmãzinha", em quéchua.

Eu adorava escutar seu tom de voz, seu ritmo, sua língua, sua fúria.

Sua forma de falar me levava a pensar: como minhas palavras soam para os outros? O que resta de andino na minha voz?

Também percebia certa sincronia entre nós duas, como se entre seu país-ilha e meu ayllu ausente houvesse um fio invisível que nos ligava, um sentimento de familiaridade. Leila já estava havia vários anos neste país, mas nasceu nas praias de Labadee, localidade costeira no norte do Haiti. Labadee é um pedaço de península privada governada por uma megaempresa de cruzeiros. Sua cidade, com suas praias paradisíacas, funciona como um país secreto para turistas internacionais, porque os haitianos são proibidos de entrar. Ou seja, é um paraíso para ricos cercado por paramilitares.

Toda a família de Leila trabalhava nesse complexo turístico, por isso parte da sua infância consistiu em avistar grandes navios, ver estranhos desembarcando nas suas areias brancas e ouvir diferentes idiomas. Leila só conheceu outra realidade quando cruzou a fronteira para estudar. Ao tomar consciência do seu lugar no mundo, decidiu não se envolver na indústria turística. Odiava-a. Odiava ter que se fantasiar e se calar para agradar aos ricos. Então estudou Química, ficou obcecada com a transformação da matéria e dedicou anos da sua juventude à análise da celulose. E entre a casualidade e a obstinação, foi parar na cidade Capital, encantada pelo trabalho de arquivo, outra forma de se apaixonar pela memória coletiva.

Nós nos tornamos amigas pelo estômago, as duas atraídas pelo aroma das nossas marmitas durante a hora do lanche. Éramos as únicas que levávamos nossos potes com preparações caseiras. Pouco a pouco, aqueles escassos minutos de descanso se transformaram numa aliança. Ela me oferecia bannan fri e eu dividia com ela uma pachamanca a la olla. Ela me contava detalhes da Revolução haitiana e eu narrava a história de Micaela Bastidas.

A comida foi apenas o começo do nosso amor. Não é assim que tudo começa?

Porém, com Leila eu também me via andando numa corda bamba, tentando encontrar um equilíbrio entre o afeto e o assombro, especialmente diante da incerteza dos seus impulsos. Ela não tinha medo de lançar seu punhado de frases-bomba na frente da diretoria, que, para não ficar mal, a ouvia com uma expressão diplomática de aceitação, para não dizer outra coisa. Afinal de contas, Leila havia salvado arquivos em mau estado, resultado de anos de uma péssima gestão. Para mim, isso era razão suficiente para admirá-la, sua entrega absoluta ao museu, porque conhecia de perto seu trabalho.

Mas a verdade é que Leila, a audaz, sempre vai além. Anos atrás, quando ainda estávamos nos tornando amigas, depois de uma longa reunião com os chefes, ela sussurrou no meu ouvido: "Você já entendeu, né? A forma como eles tratam nós duas. Neste lugar, você e eu somos exemplos do tokenismo deles. Esteja sempre alerta, zanmi, com eles nunca se sabe". Em seguida piscou para mim, como se tivéssemos um pacto de sangue capaz de libertar todos os nossos antepassados.

Não sabia o que aquela palavra significava, então tive que procurar na internet.

Apareceram cerca de 14.500 resultados. Li vários.

E também passei um tempo vendo alguns vídeos. E assim, pouco a pouco, a vida adquiriu outro sentido. Não diria que mais feliz ou mais triste, e sim mais honesto. Talvez como um animal morto sem oportunidade de ser embalsamado, um animal morto com suas vísceras decompostas em exibição.

Leila e Pascale deram forma a uma sensação estranha que sempre tive nas dobras da carne, mas que antes eu não conseguia expressar com palavras. Leila era um furacão, Pascale, uma brisa. Eu estava bem no meio dos seus dois corpos de ar. Um cata-vento inconstante que devia ajustar sua orientação de acordo com a pressão ambiental. Então, o sopro ingênuo do vento deixou de ser uma melodia para se transformar num golpe seco.

Era como se minha existência tivesse acabado de ser revelada na forma de um cordão umbilical montanhoso.

Era passar pedra-pomes na pele três vezes, porque nunca estávamos suficientemente puras.

Era o silêncio incômodo da minha awicha, aquele silêncio prolongado que vinha depois de uma palavra em quéchua ou aymara, manchando sua voz de vibração.

VOTOS DE POBREZA

Após a demissão, Pascale começou a trabalhar de forma independente. Saía toda vez que alguém precisava da sua ajuda, principalmente para fazer alguns reparos domésticos que se tornaram frequentes devido à devastação da região. Nós, habitantes da cidade, nos tornamos uma massa inútil, havíamos comprado tão profundamente a ideia fugaz e descartável dos objetos que nos esquecemos de como consertar eletrodomésticos, encanamentos ou móveis. Nessas horas, as mãos habilidosas que sabiam remendar e restaurar se tornaram importantes, e nisso residia o talento de Pascale para o artesanato, ofício herdado da sua família.

Além do mais, dada a precariedade, não podíamos nos permitir luxos. Sobrevivíamos com meu salário e os bicos que Pascale conseguia. E todo domingo, sagradamente, recebíamos uma bolsa com chuño e shámbar que minha awicha Flor enviava, com um papelzinho escrito numa caligrafia perfeita:

Filha, este prato é para amanhã, para que você comece a semana com força.

Assim, seguindo a trilha culinária da ousadia, Pascale e eu preparávamos ensopados de legumes, batatas, trigo e quinoa, que duravam vários dias, e os compartilhávamos com nossos vizinhos e amigos. Nós nos acostumamos a viver com o mínimo do mínimo, reduzimos todas as nossas despesas, que por si só não eram excessivas nos tempos mansos.

Para não colapsarmos de tanta tristeza, um dia resolvi organizar uma festinha no apartamento. Convidei Leila e algumas vizinhas amigas do prédio. Também avisei minha família, mas minha awicha precisava trabalhar e era o turno da minha mãezinha, de modo que só tia Camelia conseguiu vir. No centro da casa dispus uma manta de awayo fúcsia, um cofrinho em forma de lhama e as folhas de coca que me restavam. Pendurei pompons andinos nas orelhas de Pachakuti e me enrolei num lençol branco com pinta de toga grega. Coroei-me com buganvílias vermelhas e usei minhas argolas douradas de chola. Assim que me viu, Leila disse que eu parecia uma versão inca de Safo, e minha tia fez coro dizendo que eu era a própria reencarnação da Senhora do Cao,[40] com tatuagens e tudo.

Cada convidada posicionou sua colaboração numa ordem intuitiva, como se formássemos um quqawi[41] improvisado com favas, tortilhas, milho torrado, pimenta e batatas cozidas. Até uma garrafa de huajsapata apareceu por ali, doação da mami awicha. A noite avançou com gargalhadas e comilança, com bebidas quentes, dança e abraços demorados. Antes de

---

40. Nome dado à múmia de uma mulher da cultura moche, que viveu há cerca de 1.700 anos no norte do Peru. Descoberta em 2005 no sítio arqueológico Huaca Cao Viejo, ela estava envolta em panos e acompanhada de objetos valiosos, armas e uma coroa. Suas tatuagens e os itens encontrados indicam que foi uma líder religiosa ou política.

41. Tradição ancestral das comunidades andinas do Peru, que envolve a celebração comunitária e o compartilhamento de alimentos durante eventos especiais, como aniversários e festas locais.

comer, cantamos algumas canções, enquanto Pascale seguia nosso ritmo com seu trompete e, de vez em quando, Pachakuti nos acompanhava uivando. Assim dávamos por inaugurado o jantar dos nossos votos de pobreza obrigatórios. Terminamos a refeição com uns passinhos de huaino e de kompa que Leila nos ensinou. E, antes de partir, cada uma deixou no cofrinho as moedas órfãs que estavam nos seus bolsos, como oferenda para dias futuros.

Era nossa última aposta na fortuna, nossa velinha em pleno temporal.

Sim, era nossa panela comunitária de sempre, exceto pelas risadas diante da solenidade do rito pagão e pela minha atuação de xamã pobre. Sim, naqueles tempos era preciso se reunir para rir, porque a morte e a ideia de se aproximar dela nos devoravam de perto e já haviam levado vários dos nossos entes queridos.

Não quero me aprofundar nesse assunto porque é devastador. Apenas direi que houve uma onda que arrasou com gente muito querida, um vendaval de melancolia que mal nos permitiu a despedida.

Agora, tão longe neste pedaço de oceano, lembro-me daquela noite e quero voltar.

Lembro-me de ouvi-las rir e de ter a sensação de estar em casa.

III
VOCÊ É FÚCSIA SELVAGEM, COMO AS FLORES DE CHILCO

4. Literatura

Autora: Wilhelm, Charlotte.
Título: *Diário insular (1857–1868)*.
Editora do Oceano S.A. Capital, 1870.
Tradução: Rosa Quilaqueo.
Capítulo V: "Expedição à ilha Fúcsia, assentamento dos indígenas independentes".

Naquela manhã, eu estava desfrutando feliz do vento sul que agitava nossas vestes a uma velocidade de 11 milhas por hora. Zarpamos do porto de Bahía, a 157 quilômetros de distância da cidade Capital. Quando o navio por fim conseguiu atravessar a enseada e o denso nevoeiro da costa, observamos a luz do farol se perder ao longe. Senti vertigem e esperança, tudo parecia mais brilhante com os raios do sol sobre o oceano.

O vapor do navio assemelhava-se a uma xícara de chá fumegante; lembrei-me das chaminés da minha cidade no inverno. Depois de cinco horas de navegação, ouvi o barulho e a comoção dos marinheiros, levantei-me e subi até o convés. Estávamos diante da ilha Chilco ou ilha Fúcsia. *Chillko* na língua dos índios islenhos significa "aguado", segundo as anotações e escrituras dos missionários da Companhia de Jesus.

Meus olhos não se contiveram diante da selvagem formosura dessas terras. A ilha estava coberta de bosques de fúcsias e nascentes; a paisagem me atraiu pela exuberância da selva que parecia quase virgem. Prestei atenção para encontrar os indígenas ou suas cabanas, mas viam-se apenas as cores dos pássaros exóticos e de animais que eu nunca tinha estudado antes. À medida que o navio se aproximava, ouviam-se rugidos de leões-marinhos e imensas ondas colidindo nos rochedos.

O capitão decidiu que passaríamos a noite em frente às praias de Chilco. Na manhã seguinte, o céu estava limpo e não havia tormenta, mas um vento incomum movia as águas de tal maneira que assustou os tripulantes. Contra todos os prognósticos, içaram as velas para equilibrar a navegação. As águas se agitavam violentamente e as ondas encrespadas eram cada vez mais altas.

Insisti com o capitão para não abandonar as praias da ilha, pois desejava conhecer o território da insurreição. No entanto, quando tentamos atracar ao pé da falésia próxima, ouvimos um forte estrondo, tambores e sinais de fumaça vindos de diferentes pontos da ilha. Até onde minha vista alcançava, não havia vivalma, salvo a extensão da selva impenetrável, verde e rosa, a natureza imensa. Os navegantes assustados começaram a rezar e imploraram pelo retorno mar adentro. De maneira que, antes que a máquina voltasse a todo estibordo para o sul, saquei meu caderno e com carvão desenhei o quanto pude, plasmando nitidamente a geografia. Esbocei as elevadas colinas rodeadas de floresta e algumas ruínas de antigos fortes e igrejas à beira-mar.

Segundo fontes, hoje a ilha se encontra sem governador ou sacerdote devido aos problemas de civilização com os índios. Tampouco há navio que chegue diretamente há mais de um ano, por temor às revoltas dessa raça. Nunca se teve notícia da última embarcação que atracou nas praias; a grande máquina e seus tripulantes desapareceram. Contam-se histórias terríveis dessa tribo, pelo seu caráter e seus costumes primitivos. Alguns marinheiros medrosos dizem que os índios comem carne humana em sacrifício e creem em falsos ídolos, daí sua natureza tão iracunda. Eu não acredito neles.

Enquanto desenhava, fomos assombrados por um grande espetáculo de baleias e golfinhos que nadavam muito perto do nosso navio. No horizonte avistava-se um baleeiro inglês dedicado a persegui-las para comercializar seu óleo. Cheguei a esboçar as formas principais e a anotar o quanto pude sobre a ilha, e também sobre os colossais animais marinhos.

Na manhã seguinte, continuamos a viagem rumo a outros territórios insulares que, segundo dizem, tampouco têm governador ou Deus.

O FURACÃO QUE SOU

Numa daquelas tardes de trabalho intenso na cidade, Pascale e eu coincidimos na hora de voltar para casa. Nos encontramos na esquina da praça, Pascale piscou para mim e sorrimos afetuosamente. Com o pouquinho de energia que nos restava, subimos até o apartamento, esquentamos comida e nos jogamos no colchão para almoçar. Toda a nossa história de amor poderia ser escrita naquele colchão. A ternura, a beleza e também a ferocidade.

Pachakuti, por pura gula, veio farejar nossos pratos e rapidamente se deitou ao meu lado. Com resignação, percebeu que não havia nada para seu exigente paladar. Lambeu minha mão e latiu, depois fez algo parecido com *au-au aufff* e voltou a roer seu osso.

Como um ritual cotidiano, compartilhamos nossas jornadas de trabalho, os sonhos da noite anterior e observações dispersas sobre o dia. Dávamos ênfase às conversas que ouvíamos nas ruas, às notícias importantes ou às reuniões políticas do movimento. E, sem premeditar, começamos a falar novamente de Chilco e da tranquilidade que havíamos experimentado no verão passado na ilha.

— Poxa, talvez a gente esteja idealizando Chilco por conta de todo este horror — falei. — Não sei como as pessoas conseguem sobreviver às guerras e seguir com a vida. — Suspirei ao final.

— Talvez... talvez. Mas a animalidade se trata disso, Mari. Às vezes nós humanos achamos que somos outra coisa, estamos numa onda entre o narcisismo e a ingenuidade — respondeu Pascale, acariciando o lombo de Pachakuti, que abanou o rabo em sinal de aprovação.

— Não é que eu seja ingênua ou narcisa, simplesmente nunca deixo de me surpreender. Não sei. Quer dizer, sei sim. Racionalmente entendo que nós animais fazemos todo o possível para sobreviver. Eu vejo isso na rua e no museu, sabe? Basta observar aqueles esqueletos antigos e as marcas dos anos. Mas fazer isso, sentir isso no corpo de verdade, na carne, é muito diferente.

— Calhou de a gente viver estes tempos, né? Dizem que cada geração tem sua guerra. Apesar de que, Mari, o que realmente me preocupa é outra coisa ...— fez uma pausa, entrelaçando os dedos das duas mãos como se tecesse um fio invisível, então respirou fundo. — Há pouco tempo me dei conta de que não posso viver nem morrer sem o mar.

Fiquei em silêncio por um bom tempo, mastigando a comida devagar, então respirei fundo, limpei a boca e respondi:

— Se é isso que você quer, podemos nos organizar e viajar no final do ano. De repente podemos ficar um pouco mais desta vez. Seu pai e a Meli ficariam felizes.

Eu disse tudo isso como se estivesse calma, embora por dentro sentisse a agitação, pois reconheci o sentido com que Pascale estava falando em voltar e estava tergiversando de propósito. Conscientemente, evitava sua confissão porque me dava medo. Criei uma fantasia de escapar da cidade Capital. Me imaginava viajando por diversos territórios, mas não era uma decisão real. Segui sua ilusão de voltar justamente porque acreditei que era isso, uma ilusão. Agora eu estava sendo confrontada com sua verdade.

— Mas sinto que são meses demais. Também não quero ir a passeio ou de férias como se eu não tivesse um lar lá. Eu iria o quanto antes, Mari... a verdade é que me aflige continuar aqui — disse seriamente, por fim.

Um lar lá.
Um lar lá.

Essa frase ressoou como um eco que me rasgava por dentro.

Por acaso nosso colchão não era também seu lar?

Por acaso eu...?

Continuei.

— Mas... mas, Pascale, tem uma coisa que eu não entendo. Temos que resolver vários assuntos primeiro. Aqui eu tenho uma vida, um trabalho, minhas amigas. Minha família está aqui. Nós vamos viver de que lá? Ou você pensa em morar com seu pai? Não me diga que quer trabalhar nas refinarias?

Nessa hora, minha voz se elevou e as perguntas soaram como reprovação.

— Caramba, Mari... Não se trata disso. Parece que você não está entendendo — disse, me olhando com certa tristeza.

— É que você se enrola, ué. Não explica direito — respondi, com um tom mandão.

— Ei, chega, vai. Não quero brigar. Será que eu posso dizer como me sinto ou só importa o que você diz? Sério mesmo, gostaria que você entendesse o quanto isso é complexo para mim. Não tenho clareza sobre tudo, também me confundo, não é fácil.

E como às vezes o furacão que sou sai sem pedir licença, continuei com as perguntas insuportáveis, incômodas, arrancando as crostas expostas na intimidade. Eu estaria mentindo se dissesse que sei o que acontece comigo, porque não faço a menor ideia, mas surge um temperamento raivoso e terrível. Como se fosse uma competição e eu continuasse e continuasse, até alguém chorar, gritar ou bater uma porta. Comigo o tempo fecha facilmente. Talvez a resposta seja a infância com um pai fantasma ou a criação da própria awicha Flor, como quase tudo na minha vida. Ou talvez seja só eu. E estou simplesmente culpando os outros por esse vulcão que carrego no lugar do sunqu.[42]

— Bom — falei. — E você acha que Chilco vai te aceitar agora? Aquela gente não é capaz nem de te olhar nos olhos! Mal te cumprimentam. Você não pode idealizar aquela ilha só porque nasceu lá, Pascale. As pessoas são uma merda em qualquer lugar, mas é pior nas cidades pequenas. Daquele mar não há escapatória. Eles percebem que você é outra pessoa, ou você acha que não dá pra ver? Ir de visita é outra coisa. Eles nos suportam porque sabem que não moramos lá.

— Para, para, Mari. — Levantou as duas mãos como se formasse um escudo contra mim e abaixou a cabeça, balançando-a de um lado para o outro. — Já chega. Só vou dizer uma coisa, porque não quero discutir desse jeito: eu sou a mesma pessoa que cresceu em Chilco. — Levantou-se da cama e foi até a cozinha para preparar um chazinho de ervas. Pachakuti seguiu rapidamente seus passos, como se tomasse partido, e me senti traída.

42. "Coração", em quéchua.

Continuamos a discussão porque algo desconhecido parecia estar se revelando, e eu não consigo parar enquanto não chego ao xis da questão.

Mas tudo fica ainda mais enrolado entre os tons, palavras e conceitos sob outros conceitos. O que você disse ou o que quis dizer. O que disse e a forma como disse. O que você simplesmente não disse. O que disse e o que a outra pessoa entendeu.

Sentia que havia uma infelicidade que se desenhava para além do presente incerto.

Sentia que Pascale estava escondendo seu desejo ou sua tristeza.

De repente, era como se Pascale não quisesse nada do continente.

E eu...

Eu também era o continente.

A TRAIÇÃO À CAUSA

Então o inverno chegou ao continente. As poucas árvores que restavam perderam suas últimas folhas secas. A cidade estava imersa numa escuridão permanente, entre o céu nublado, a poeira de cimento e o gesso que impregnava os objetos. Tudo coberto por tons de chumbo. O frio se instalou e as barracas, os edifícios sem janelas e as construções amadoras se tornaram um problema. Não tínhamos como aquecer os quartos, as ruas, as paredes do corpo. Algumas pessoas optaram por braseiros, queimando lixo e carvão, enquanto outras se enrolaram em camadas e mais camadas de roupa.

A cada semana que passava, o movimento de expropriação e demolição parecia um balão esquecido no teto de alguma festa. Pensei naquelas imagens dos aniversários da infância, em que as crianças levam um balão da sua predileção, mas sempre sobra um meio extraviado, que murcha, diminui e, no fim, fica sem ar. Não havia esperança nas manifestações.

Cada vez menos gente ia para o centro dos escritórios e o território estava sitiado por militares. Cansamos das mortes, dos abusos e das detenções injustas. Tudo estava funcionando novamente com mais drones, helicópteros, vigilância e sumidouros. A paisagem era desoladora, uma maquete destroçada pelo estado de exceção e pela usura. Famílias pedindo comida nas esquinas. Meninos comiam terra e meninas comiam cinzas.

Já nem se ouviam mais os tordos anunciando o amanhecer.

Era difícil voltar a essa realidade depois de meses batalhando, depois de finalmente acreditar em alguma coisa.

Em meio à apatia, Pascale encontrou um novo trabalho.

As grandes redes de supermercado e as repartições governamentais abandonaram a área do centro da cidade. Não havia dinheiro em circulação. Não havia caixas eletrônicos, bombas de gasolina ou lojas de bebidas. Os pequenos negócios tinham fechado e só circulavam mercadorias contrabandeadas como cigarros avulsos, óleo, álcool, clonazepam e sacos de farinha. Minha família resistiu voltando aos carrinhos de comida peruana. Dona Flor não conseguia acreditar que, depois de tantos anos de sacrifício, tivesse de voltar atrás. Mas como as pessoas que sofreram e trabalharam até a exaustão, ela se levantou novamente. Engoliu o orgulho, não tinha outra opção. Enxugou suas lágrimas de raiva e voltou para a rua. Beijou seu escapulário e racionou as refeições. Pelo menos o apartamentinho de La Chimba ainda se mantinha de pé. "Taytacha, é tanta coisa que você há de se ver comigo", dizia a mãezinha.

É que o absurdo podia ser ainda mais absurdo. Nossa Capital estava devastada, mas dia após dia éramos bombardeados pela propaganda do EcoMahuida, a nova cidade. Um teco-teco dourado cruzava sobre nossa cabeça, deixando rastros químicos que simulavam uma caligrafia de nuvens. E aí vinham as mensagens de luxo. As letras se fixavam por alguns segundos antes de desaparecer no cinza do céu. Essa divulgação efêmera parecia ser a nova estocada do império.

L

"LAR."

"Liberdade e aconchego."

"Segurança para o seu futuro."

"Uma nova terra espera por você."

"Somos a terra prometida em plena montanha."

"*Best Place to Live in* Pátria."

Depois de um tempo jogavam um monte de papéis, folhetos, mapas e plantas. Trípticos orgânicos com famílias loiras sorrindo nos seus jardins sempre verdes. Casas, lotes e *penthouses* impagáveis. Construções circulares de metal e vidro, lagoas artificiais, iates. Uma cidade do futuro nascia nos relevos da cordilheira andina, uma refundação de outra dimensão.

NÃO ESQUEÇA O SONHO DA CASA PRÓPRIA

PEÇA AGORA SUA COTAÇÃO

HIPOTECÁRIO

CRÉDITO CONTADO

UTM

UF

$

E no céu, helicópteros fluorescentes singravam as nuvens, repetindo a mesma voz amplificada numa gravação incessante. Um tom suave e meloso ecoava pelos alto-falantes:

Imagine suas manhãs de outono passeando de bicicleta pelas trilhas da montanha, desfrutando de um verão tranquilo descendo de caiaque pelo rio, navegando de iate pela lagoa. Tudo sem sair do seu condomínio. Você pode ir às nossas praias, caminhar pelas nossas colinas, treinar em nosso clube com academia, campos de golfe e quadras de tênis. Tudo de que você precisa está na zona leste da cidade Capital. Encontre a vida que você merece no paraíso de EcoMahuida, nosso novo nascimento nas alturas.

Não sabíamos que tipo de piada de mau gosto era aquilo, quando mal tínhamos dinheiro para comer. Leila dizia que estavam procurando pessoas que ainda pudessem se endividar por cinquenta anos com créditos impossíveis, selecionavam aqueles que tinham a sorte de conservar um empreguinho, para que pudessem sonhar com uma vida fora das ruínas. Mas a mim não parecia um convite para morar lá, não acreditava que eles nos quisessem como vizinhos, achava que estavam nos convidando a ser espectadores da sua revanche, do seu triunfo, do seu luxo.

Não duvidava da banalidade da sua malevolência.

A menos que tudo fosse um experimento social, uma peça de teatro ou uma performance que tinha ido longe, longe demais. Por isso chegamos a duvidar dos sumidouros como um desastre natural e ficamos obcecados com a ideia de um plano orquestrado pela Imobiliária Mayor. Durante séculos eles haviam queimado florestas nativas, comunidades indígenas, parques naturais, santuários da natureza. Fogo nos coigües, cinzas de alerces. As chamas arrasavam vidas milenares. De repente, a paisagem familiar era um véu de neblina, uma luz que tardava a projetar sua sombra. Tudo para construir prédio após prédio, torre após torre, apartamentos impossíveis de pagar. Então, não é que esses empresários tivessem uma história muito honesta. Eles já haviam cimentado esse modelo de destruição nos tempos mansos. E um pouquinho antes, seus antepassados tinham aprontado das suas com as estratégias das "pacificações" e dos "desertos". Nossa ideia não parecia tão irracional, pois diante do desastre não havia como entender de outra forma, confiávamos no instinto e nas ranhuras imperceptíveis da história.

AMAR O QUE JÁ FOI

No seu novo emprego, Pascale tinha de realizar as mesmas tarefas que fazia de forma independente, mas agora com um contrato por prazo determinado. Precisava usar uniforme, bater cartão ao chegar e ao sair e, além disso, ainda tinha um desconto de um fundo de pensão cujos administradores eram proprietários das empresas que haviam fugido para o leste. Ou seja, não havia futuro possível, mas era preciso pagar por ele. A empresa era uma construtora encarregada dos novos projetos imobiliários nas montanhas, cordilheira acima, prestando serviços para vários condomínios da nova cidade. Quando lhe disseram que havia ficado com a vaga, Pascale me mandou uma mensagem:

"Vamos morrer, mas arrumei um trampo."

Mas isso não é o pior.

O pior de tudo é que fiquei feliz.

Respondi com o emoji de um gatinho sorridente, um coração e serpentinas. Mandei também um gif de um cachorrinho parecido com Pachakuti perseguindo feliz e incansavelmente o próprio rabo, como um uróboro. Depois, esperei sua chegada com uma garrafa de vinho contrabandeado que abri para comemorar. Durante todo aquele tempo, tentei convencer Pascale de que ter algo estável no meio de uma crise era um bom sinal.

Não podíamos nos permitir o privilégio da independência. Ao dizer isso em voz alta, me dei conta de que personificava todos os medos da minha mãe awicha e da mami Rosita.

Ao chegar em casa, Pascale nem se animou com o cabernet reserva que me esforcei tanto para conseguir. Como se quisesse uma seringa de heroína, tive de adentrar os rincões duvidosos de La Chimba, falar com os pirralhos da Máfia do rio e pagar o triplo por aquela ocasião especial. O triplo e minha medalhinha de chakana, a cruz andina de ouro que Rosita me dera de presente quando fiz quinze anos. Apesar da escassez, a Máfia do rio podia conseguir o que você quisesse, mas não era fácil chegar até ela. Às vezes seus soldados te atacavam muito antes de você poder negociar com a chefia.

Mas eu tinha meu próprio santo na corte, Miguel Ángel, um dos seus líderes. Havíamos estudado juntos na escola e nos tempos mansos, seu pai era famoso por vender as pimentas rocoto mais picantes do mercado. Agora faziam parte do contrabando, podiam conseguir desde cartões para internet até doses exatas de cetamina. Os dois tinham um carinho familiar por mim porque minha awicha sempre mandava um presentinho para eles forrarem a barriga. Luci, mãe de Miguel Ángel, morreu muito jovem e foi amiga íntima de tia Camelia. Sua morte sempre foi um mistério para todos, do nada ela foi vítima de uma estranha doença fulminante que espalhava dor. Lembro que no seu funeral o rabecão enfeitado com cravos vermelhos parou em frente à escola e nós crianças agitamos lenços brancos enquanto cantávamos “Esta tarde vi llover”, de Armando Manzanero. Naquele mesmo dia, a professora ensaiou a letra e a melodia rapidinho com a gente para nos despedirmos dela.

Quando o carro se afastou, todos nós choramos enquanto entoávamos: *el otoño vi llegar, al mar oí cantar, y no estabas tú...*

Esse assunto da morte comoveu profundamente minha awicha, que tinha uma estima especial pela sra. Luci, talvez por causa da sua juventude. Por isso, no próprio enterro, ela prometeu à finada que todo domingo enviaria alguns pratos de comida, para o marido e para o menino. “Aii, é que os homens viúvos podem ser muito inúteis e ficaam piores com a tristezaa”, dizia a dona. E como se fosse uma ordem, ela cumpriu sua promessa religiosamente até Miguel Ángel completar dezoito anos.

Assim que me acomodei para esperar na ponte do rio, chegaram dois soldados com máscaras de kusillo.[43] Eles me observaram por um bom tempo e depois tiraram os capuzes de lã. Então eu os reconheci. Também os conhecia da escola, embora eles não se lembrassem de mim, Illari e Katari. Entreguei o dinheiro que tinha, mas eles logo notaram minha medalhinha. “Aí, com a chakana tem jogo”, disse Illari. Olhei diretamente nos olhos dele, sem medo.

— Tá me olhando por quê? Eu falei da chakana, pô.

— Ahhh, mas eu te conheço, Illari. A gente estudou junto com o Miguel Ángel. Não vem agora me tratar como se eu fosse uma desconhecida, pô.

— Dá na mesma, as moedas não valem mais nada, é uma ordem lá de cima.

43. Kusillo é uma figura das danças aymaras, conhecida por seu traje de sarja e máscara confeccionada com tecidos coloridos e bordados.

— Escuta aqui, mas nem que vocês fossem o Tupac Amaru — respondi.

Eles sorriram e seus *grillz* de diamante e ouro brilharam como lascas do nosso antigo império. Logo depois Miguel Ángel chegou vestindo um gorro peruano, um moletom e uma jaqueta fúcsia de lantejoulas. Seu corpo parecia uma piñata disco andina. Ele apertou o passo e, do próprio punho, cheirou kallpa, um pó prateado que era como uma injeção instantânea de energia e que não dava a ressaca suicida da cocaína. Alguns o chamavam de "hálito de múmia". Em seguida limpou rapidamente o nariz, me abraçou e disse:

— O que você está fazendo aqui, minha causita?

Os outros dois se surpreenderam, nervosos.

— Comprando de você, ué.

— Aceita um pouquinho de kallpa, kullaka?

— Olha, Miguel, eu te agradeço, mas a verdade é que atualmente ou eu me drogo, ou encho a cara. A vida não dá mais pras duas coisas, irmão.

— Então, o que a patroa deseja? Tenho pisco, chá com cachaça, chilcano, gim, uisquezinho.

— Nada disso, hoje eu quero comemorar. Preciso de um vinho chique, mas os seus khunpay[44] aqui acabaram de me assaltar.

Miguel Ángel lançou um único olhar para eles e os garotos, aflitos, se desmancharam em desculpas. Mas não devolveram a medalhinha que eu ganhei aos quinze anos, a chakana que tantos pesinhos custou à minha mãe. Eles me entregaram a garrafa de vinho e me deram de graça vários cartões para eu usar

44. "Amigo", em quéchua.

a internet. Miguel Ángel me explicou que a coisa das moedas era verdade, estava realmente difícil trampar, a grana de antes não valia quase nada. Só o ouro importava nas transações do contrabando, de certa forma estávamos voltando aos anos dourados dos nossos antepassados.

Abri a garrafa de vinho e, diante da seriedade de Pascale, comecei a narrar as peripécias que vivi em La Chimba. "Você nem imagina que aventura, amor, é como se eu tivesse percorrido o próprio Caminho Inca." Não tive resposta. Então mencionei a história da finada Luci, minha primeira experiência com a morte. Mas nada. Apesar das minhas tentativas de dialogar, senti como se estivesse falando sozinha. Tentei animar Pascale com algumas piadas, tratando de suavizar meu monólogo, mas só obtive uma careta e uma bufada como resposta. Não dava para chamar aquele gesto de sorriso em nenhum lugar do mundo. Então Pascale bebeu rapidamente sua taça e foi dormir.

Abriu a boca para dizer secamente: "Pun may".[45]

Sua língua nunca me pareceu tão amarga.

Fiquei sozinha com a garrafa, iluminada pelo único pedacinho de vela que nos restava. Chorei, mas abafei o som com uma almofada. Lá fora alguém estava ouvindo "Eyes Without a Face". Me sentei no chão e Pachakuti se jogou nas minhas pernas. *Don't call me on the phone. To tell me you're alone.* Não percebi que tinha tomado todo o vinho e acabei adormecendo com o calor do cachorrinho e a voz aveludada de Billy Idol.

---

45. "Boa noite", em mapudungun.

De manhã, a letra *Love what was once. So alive and new. But it's gone from your eyes* continuava ecoando na minha cabeça. Encarei o espelho, triste e com ressaca. Meus lábios pareciam besuntados de maqui e chichita morada.

Durante as semanas em que Pascale trabalhou lá, mal nos falamos.

Nossa vida também parecia estar em ruínas.

ESCOLHER A NUDEZ

Depois desse episódio, ficamos dias sem nos falar. Trocávamos apenas frios cumprimentos de cortesia, sem nos aprofundarmos em nenhuma conversa. O silêncio podia ser uma punhalada no lugar mais vulnerável do nosso corpo, e Pascale sabia disso. Quando nos encontrávamos depois do trabalho, parecia triste e com mais desânimo do que antes. Alguns dias chegava só para dormir e se jogava no colchão como uma foquinha exausta. Certa noite, acordei porque não me deixava descansar. Não sei se estava tendo pesadelos, sofrendo de paralisia do sono ou simplesmente com insônia, mas rolava de um lado para o outro e seu suor quente se grudava à minha pele.

— Caramba, Pascale, você não está conseguindo dormir de novo? — perguntei, cansada, acendendo uma vela. Sua trança parecia uma cobra escura sobre o travesseiro. — Se você não consegue dormir, eu também não, e amanhã tenho que acordar cedo.

— Sim, desculpa por te acordar, Mari, não era minha intenção. Tive pesadelos a noite toda — respondeu.

— Então, será que não está na hora de conversar? — perguntei.

E aí começou tudo.

*

Pascale disse que não queria trabalhar naquele lugar, que não queria viver lá. Eu disse que tinha o privilégio de ter um teto sobre a cabeça e um contrato de trabalho, que ninguém era realmente feliz naqueles tempos difíceis, que estávamos todos fazendo o melhor que podíamos. Lembrei que pelo menos não havia sofrido as consequências das manifestações, nem perdido um ente querido nos sumidouros. Arrematei dizendo que a cidade Capital tinha lhe dado a possibilidade de ser quem era hoje, de não precisar fingir ou trapacear. "Aqui, pelo menos, você pode andar livremente pelas ruas", falei.

Sim, eu misturei tudo.

Sal na ferida, sal na ferida.

E a palavra "livremente" foi como um tiro para Pascale.

E assim, voltamos a discutir feio.

Muito feio.

Pascale disse que eu era preconceituosa. Não conseguia entender como eu tinha me adaptado tão bem ao sistema que estava desabando, que me tornara irreconhecível. Não podia acreditar que eu apoiasse a expropriação e a opressão ao mesmo tempo. Segundo sua boca, pessoas como eu eram as responsáveis pela Imobiliária Mayor não ter caído.

Disse para eu nem sonhar em falar da sua experiência na ilha ou em Bahía, porque a única frágil ali era eu. "Não me venha falar de trapaças, Mari, porque você não teria aguentado nem meio ano vivendo no meu corpo. Você não faz ideia."

Pascale nunca havia falado comigo dessa maneira, com esse tom, com tanta fúria.

Virou-se e fechou a boca.

Isso doeu em cada vértebra do meu corpo. Quase pude ouvir os pedacinhos se quebrando dentro de mim.

E, obviamente, fiquei com raiva, mas também de mim mesma.

Quem eu era na verdade?

Em que tinha me transformado?

Na manhã seguinte, o alarme do relógio tocou. Não consegui dormir. Passei a noite pensando, revirando nossas palavras na minha mente até o nascer do sol. Inventei mundos, dimensões, tempos possíveis. A reflexão ruminante do insone.

Sentia medo do seu regresso, da reação da ilha.

Mas também sentia medo de perder seu amor.

Talvez fosse só isso, o abandono.

De repente, Pascale me pareceu um ser diferente, estranho, como se sua demonstração de força fosse completamente oposta ao que eu sempre havia pensado da sua natureza. Desde que começamos nossa relação, eu me senti atraída pela sua fragilidade, sua temperança. Diria até que foi por isso que me apaixonei, embora nunca tenha dito isso a Pascale. No entanto, essa perspectiva se alimentava do exemplo contrário: mulheres fortes e explosivas como Flor, Rosa e Camelia, que pareciam indomáveis, imensas. Ao lado delas, até eu parecia um ser ínfimo. Mas Pascale não era frágil. Confundi sua sensibilidade com outra coisa. Sua fragilidade foi a história que inventei para cuidar de Pascale, para entender sua fuga, sua falta de mãe, sua transformação, seu amor por mim.

O que amamos é essa parte fraturada de nós mesmas.

*

Assim que Pascale acordou, pedi que não fosse trabalhar. Fiz uma cabaninha embaixo dos lençóis, como as casinhas improvisadas que eu costumava construir quando criança, e me agarrei à sua pele. Implorei que abandonasse aquela empresa, que aquele lugar não merecia suas mãos, suas costas, seu amor pela reparação. Disse que poderíamos sobreviver com os trabalhinhos autônomos, que não precisávamos de tanta grana, que encontraríamos um jeito de nos virar, que por favor me perdoasse. Não queria ser uma traidora, mas não sabia que diabos fazer; nunca havia sentido tanta incerteza.

Pascale me tranquilizou com um beijo suave, e eu respondi de um jeito bruto com outro beijo. Então, subi no seu corpo agilmente, escalando até chegar à sua barriga, ao seu umbigo. Suspiros doces, respiração acelerada, o sabor ácido de verbena. Então, minha língua pelo seu pescoço, engolindo seu suor. Meus lábios pressionam a pele das suas pernas, seus olhos se entrecerram e sua boca geme de prazer. Nós nos despimos e nos contorcemos, abrimos caminho adentro. Dedos, ombros, costas molhadas. Penso em figos maduros, sua pele púrpura e sua carne rosada envolta em sementes. Fico em silêncio olhando seu rosto de cima, seus olhos negros e sua pele morena. Pascale beija meus peitos, empurro os joelhos para conter suas coxas e seu quadril. Meus dedos abrem suavemente seus lábios. Toco seus dentes até encostar na língua. Minha língua encaixada na sua. O toque e a ferida, um vaivém de suavidade e firmeza. Pascale agarra meus cabelos com seu punho esquerdo, puxa-os para trás, e meu pescoço se tensiona ante seus lábios. Meus arquejos colidem com os seus, os gemidos ecoam como feras. Sua beleza se desdobra ali, naquele corpo horizontal, como um sopro morno capaz de transbordar o presente.

Sempre fui desajeitada, não sei como articular o que sinto sem ferir.

Por isso, escolho a nudez.

Como dizer que não sei viver sem o continente? Nasci, cresci e fui criada lá. Eu tinha consciência de que a cidade absorvia a escassa energia que nos restava depois do trabalho, e a revolução expropriadora havia desmoronado, assim como as centenas de prédios que em algum momento foram o sonho de alguém. Um sonho uniforme em tons de cinza, bege e café. A cor de um escritório de contabilidade, a cor dos cartórios, a cor da censura. Nada era menos sedutor do que viver na ausência de imaginação da Imobiliária Mayor e no erotismo nulo de um bando de engenheiros e arquitetos traidores da causa. Mas, apesar de tudo, era isso que eu considerava meu lar. E, de algum modo, nosso povo tinha conseguido colorir as paredes insípidas para tornar sua existência mais suportável.

Não só anularam nossas energias como também nos forçaram a renunciar à ideia de permanência. Somos um grupo de sujeitos nômades por obrigação, a quem ninguém deu certezas ou sentidos. Temos de acreditar com base em memórias alheias, porque desconhecemos o significado de duradouro. A paisagem em que vivemos está se desintegrando, desaparece o que um dia amamos. O amanhã nos parece um discurso obsoleto, um privilégio de décadas passadas. Agora ouvimos com frequência: ali costumava haver um rio, ali nadavam golfinhos, ali bebíamos água limpa.

Ali sonhamos, ali nos apaixonamos. Ali construímos um lar.

Nós, enquanto isso, nesta agonia de mundo, nem sequer temos o direito de dizer a palavra “ali”.

NADA ME INTERESSAVA O SUFICIENTE

Meu trabalho no museu foi quase um acaso. Iris, minha professora no colégio, era de Lima e adorava minha awicha Flor. Comprava seus suspiros, mazamorras ou bolos de canela. Quando soube que eu era sua neta, me incentivou a tirar boas notas e consegui, também não era tão difícil, mas a tentação da rua para uma adolescente era uma questão de vida ou morte. Já viram o que aconteceu com Miguel Ángel e seus soldados. Iris foi minha salva-vidas, como Graciela Ñanco foi para Pascale, mas meus problemas eram menores comparados à sua experiência.

Desenhar mais do que escrever nos cadernos, não ter pai e gostar de mulher eram um relato comum no colégio, embora algumas colegas, na vida adulta, neguem esse desejo compartilhado que tivemos pelas amigas e, por que não dizer, pelas inimigas também.

Acho que Iris me incentivou com tanto afinco a ser uma excelente aluna que eu acabei me sentindo responsável por não a decepcionar. Novamente, a autoexigência de fazer o bem para os outros. De modo que tentei, me dediquei aos estudos e concentrei toda a minha energia no rigor acadêmico. Além do mais, na outra ponta dos conselhos, eu tinha minha awicha e Rosita, repetindo todo santo dia que eu não podia engravidar, que tinha de estudar, que olhasse para elas e assim por diante. Um mantra incansável de deveres. Finalmente, fiquei em primeiro lugar em Secretariado do Liceu Comercial Nº 5 de La Chimba. Essa conquista me dava o privilégio de escolher o estágio entre as instituições que colaboravam com o colégio.

Exatamente uma semana antes de me candidatar a algum estágio, o diretor do Liceu me chamou à sua sala. Um homem mais velho com voz de locutor de rádio e cheiro de motor de carro. Entrei timidamente e, atrás de uma grande mesa de madeira, estavam ele a srta. Iris, ambos sorrindo com entusiasmo. Disseram que tinham uma surpresa incrível para mim e que estavam emocionados com meu futuro. Rasgaram elogios com palavras aduladoras e o diretor improvisou um breve discurso sobre os esforços pessoais. Ressoaram as frases: superar a pobreza, o mérito triunfante e a vontade de progredir. Como se o doutor fosse candidato, pensei.

Enquanto ele dizia: "Srta. Mari, nem todas as alunas que vêm de bairros como o seu, digamos... que são da sua origem, se empenham muito em sobressair. Mas você, com todas as condições adversas, é um exemplo a ser seguido pelo resto do liceu. Im-pres-si-o-nan-te!". Ele movia os lábios e eu traduzia: "Apesar de ser neta de migrantes pobres, filha de mãe solteira, você conseguiu. Não tínhamos fé em você, e agora veja só".

Devolvi uma expressão de agradecimento simulando um sorriso gentil, mas no fundo me sentia inerte, sem vontade de imaginar um futuro. Menos ainda de pensar na vida adulta. Naquele momento, se alguém tivesse me estendido um colchão, eu teria me jogado nele sem remorso. Ainda não tinha clareza sobre o que eu faria ao sair do colégio; a única decisão que havia tomado era não trabalhar no negócio da dona Flor. Naquela época, nada me entusiasmava o suficiente. Eu só queria passar despercebida. A verdade é que, para além do interesse que manifestei por algumas pessoas que foram importantes na minha vida, nenhuma ideia ou objetivo foi transcendente, com exceção do movimento de demolição. Acho que foi a única vez que senti uma brasa ardendo no estômago, a única vez que entendi a palavra "paixão" associada a uma causa.

E, bem, a surpresa de que o diretor e a professora tanto se orgulhavam era que em segredo eles haviam me recomendado para a vaga de secretária do Museu de História Natural e Social, e, devido às minhas notas, eu tinha sido aceita de forma imediata como estagiária. Nem precisei me candidatar, hesitar, errar ou tomar decisões. Foi um verdadeiro alívio.

Naquele momento agradeci a eles, embora me sentisse um pouco arrastada pelas circunstâncias, como um falcão-peregrino inexperiente que se deixa levar pelo vento. Aos dezessete anos, com meus recentes conhecimentos de digitação, planilhas eletrônicas e base de dados, estava preparada para não seguir os passos da mãezinha Flor.

Fiquei três meses no museu como estagiária não remunerada, em seguida passei um ano como substituta, que depois se estenderam por dois, recebendo como autônoma. Foi assim até que a secretária oficial não voltou mais. Dizem que ela foi demitida por conta de uma licença prolongada, tinha uma depressão severa. Dadas as circunstâncias, eles me ofereceram um contrato permanente.

No início, meu trabalho se limitava a inserir números num computador velho, comprar flores e servir café nas reuniões da diretoria. Aos poucos, eles foram me passando mais responsabilidades. Licitações, cartas, dinheiro para as pequenas despesas. Um dia, alguém me explicou que aqueles números que eu inseria com tanto cuidado eram na verdade pessoas, mas não qualquer tipo de pessoa, dependia do estudo: migrantes expulsos, exilados, torturados, detidos desaparecidos. Passei um tempo fazendo isso, organizando fichas, transcrevendo cartas, atendendo o telefone. Esses tempos mansos parecem pertencer à vida de outra mulher. Quer dizer, sei que estive lá, cumpri ordens, exerci minhas funções. Saí com garotas, fiz sexo, dancei em festas e até me diverti. Sei que tive uma vida, mas com a distância sinto como se fosse outra, como se estivesse no piloto automático há anos e de repente acordasse em outro corpo.

Passei uma temporada assim, até que Leila chegou com seu vendaval irresistível.

E tudo mudou.

Sim, não mencionei isso antes. Leila e eu tivemos um romance fugaz, mas fracassamos. Seu transbordamento não rimava com meu furacão. E minhas explosões, menos ainda com as dela. Foi uma época de muitas portas batendo, cenas na rua e dramas. Acabávamos exaustas depois das brigas e discussões. As amigas diziam: "Eu avisei". E davam explicações sobre a incompatibilidade dos nossos signos astrológicos. Embora, sinceramente, isso não me importe, porque sei que tudo está melhor agora. Acho que nosso amor sempre foi mais uma paixão amistosa, forçamos outro tipo de desejo e fracassamos na breve experiência de amantes, mas pelo menos saímos vivas e com poucas feridas.

Nós duas nos amamos de outra forma. Cuidamos uma da outra, nos preocupamos, nos escutamos, mas decidimos evitar aquele afeto ruim que poderíamos ter nos tornado.

E assim, poucos meses depois desse desenlace, Pascale apareceu.

E o vendaval de Leila se transformou em brisa.

DOIS ANIMAIS MARINHOS

Nos tempos mansos, Leila conseguiu que o museu investisse em prateleiras mais sólidas para o arquivo. Agora penso em como esse pedido soa absurdo, as necessidades que existiam naqueles anos parecem sonhos de outro planeta.

Meu trabalho era entrar em contato com uma empresa construtora.

Liguei para o primeiro número que encontrei nos classificados e foi assim que Pascale chegou. No começo sua aparência me surpreendeu, não achava que alguém com seu aspecto pudesse fazer carpintaria. Não era exatamente como eu imaginava um artesão ou um carpinteiro, porque até eu tinha certos preconceitos sobre quem poderia exercer determinados movimentos que exigem força e destreza. Mal se apresentou na recepção, notei seus movimentos desajeitados. Pensei que devia ser seu primeiro trabalho, mas também imaginei a possibilidade de que fosse algum tipo de golpe. O instinto desconfiado da awicha operando nos confins do pensamento. Em pouco segundos, escolhi a primeira opção, então me apressei em ser gentil e, de passagem, interromper a desconfiança herdada.

— Oi, tudo bem? Meu nome é Mari Quispe, sou a secretária do museu — estendi a mão e sorri.

— Mari mari, Mari, eu sou Pascale Antilaf. Vim pro trabalho de reforma. — E estampou um sorriso largo enquanto apertava minha mão. Sua pele estava fria.

— Sim, sim, Ma-ri — falei separando as sílabas do meu nome e o pronunciei bem devagar. Só para garantir, repeti meu nome de novo. — Eu sou Ma-ri. Você me entende bem?

— Sim, me desculpa — sorriu. — Tentei fazer uma piada, mas sou meio ruim pra essas coisas. Desculpa. Eu te cumprimentei em mapudungun: mari mari. Não sei, achei engraçado dizer isso três vezes, por causa do seu nome. Mais uma vez, me desculpa — disse, com vergonha. Sua pele ficou vermelha, abaixou a cabeça.

— Ah, não se preocupa. Não é culpa sua, eu sou muito ignorante com os idiomas. Pelo menos aprendi algo novo. Minha avozinha é quéchua e conheço algumas palavras desde criança, mas não sei muito sobre outras línguas — falei, com muita sinceridade. — Então, você é mapuche ou linguista? — lancei a pergunta com graça.

— Não, linguista nãooo. — Sorriu novamente. — Sou mapuche lafkenche. Venho da ilha Chilco. Olha, desculpa se te chateei, mas cheguei aqui à cidade faz poucos anos. Ainda estou tentando me acostumar ao humor ou à falta de humor da Capital. Então... se sua avozinha é quéchua, você também é quéchua, certo? — disse isso olhando diretamente nos meus olhos, enquanto tirava uma mecha de cabelo da testa. Com cuidado, colocou-a atrás da orelha. Seu cabelo era liso e preto, tinha um corte reto, mas na parte de trás surgia uma longa trança que se enroscava nas suas costas. Parecia um personagem de anime. Seu lóbulo estava enfeitado com um grande peixe prateado que pendia de uma onda. Diante do seu olhar, senti um pouco de vergonha e, para evitar seus olhos, fiquei observando o brinco e os pontinhos rosados no seu macacão. Quando lembro, sinto muita vergonha, porque nos enrolamos em resposta atrás de resposta, e isso acabou forjando uma cumplicidade.

— Bom, é um pouco complicado isso de ser quéchua, porque na verdade não fui criada assim. Veja, minha awicha, quero dizer, minha avozinha, nunca admitiu que ela é, mas no fundo eu sei. Essas coisas se sabe, sem contar as pistas que existem no nosso sobrenome. Mas é uma longa história. Pode parecer confuso pra você, mas a patroa também é muito complicada. E eu sou meia confusa para explicar as coisas — disse toda sem jeito, rindo de nervoso. — A propósito, adorei seu brinco. — Apontei com o dedo indicador.

— Ah sim, é um challwa...

— Um peixe!

— Conhece essa palavra?

— Mas claro, é quéchua!

— Não, é mapudungun.

— Juro pela minha mãezinha awicha que é quéchua.

— Caramba, me enganaram a vida inteira. — Riu. — Bom, vamos ter que investigar, porque ainda não me convenci totalmente — disse, como se estabelecesse um futuro possível.

— Você vai ter várias surpresas, então — respondi, desafiadora.

— Ah, vou? De toda forma, esse brinco ou chaway é um challwa, um peixe de prata, uma lembrança da minha ilha. Não consigo sair dela, ninguém consegue sair de Chilco, impossível. Tampouco de quem somos, né? — respondeu com mais desenvoltura, piscando um olho, enquanto colocava a bolsa na minha mesa. Senti que eu derretia um pouco com aquela piscadela.

— Sim, bem, é o tema da minha vida. Mas não quero te incomodar com meus traumas ou problemas de infância. Está muito cedo pra isso. De toda forma, seu brinco, seu challwa, é lindo. Gosto de peixes, embora só tenha ido uma vez a Chilco — menti, para não ser desagradável e dizer que era uma ilha que me causava certa tristeza, não sei.

— Sim, bem, não é mais um lugar muito turístico. Cada vez menos gente vai lá. Foram acontecendo muitas coisas que assustam as pessoas. Enfim, Mari, você pode me dizer o que devo fazer? — disse, cortando o diálogo abruptamente.

— Claro! Desculpa, sempre falo demais. Explico agorinha mesmo. Precisamos instalar umas prateleiras que funcionem como estantes, as anteriores estão em mau estado. Minha colega Leila vai te explicar melhor, ela é a responsável pelo arquivo. Mas primeiro você precisa assinar estes documentos. O orçamento eu já mandei pro seu supervisor, então assinando esta papelada aqui está tudo certo. O serviço vai ser lá — indiquei a ala A, onde ficava o grande esqueleto de Sofía, a última baleia-azul.

— Ohh! Não pode ser. Aquilo é o esqueleto de uma baleia-azul? — perguntou, com a surpresa de quem pela primeira vez vê algo que ama.

— Sim, se chama Sofía. Isto é, um grupo de estudantes a batizou assim num concurso um tempo atrás e ela ficou com esse nome. Está faz dez anos no museu e não é só uma baleia-azul, na verdade é a última. Aquela que encalhou em Bahía. Lembra dessa notícia?

— Sim, mas não sabia que sua ossada estava na Capital. Sempre pensei que tinha ficado protegida em algum lugar de Bahía.

— Se quiser, pode tocar seus ossos com cuidado, mas não conta pra ninguém que eu deixei. Ela é linda, né? Você gosta de baleias?

— Sim, sim, claro. Antes, a gente via baleias em Chilco, mas faz muito anos que nenhuma é avistada. Eu devia ter uns seis anos quando vi as últimas. Mas se as baleias desapareceram, alguma coisa deve estar muito errada no mundo, não acha?

— Claro, embora eu não tenha tido a sorte de ver uma viva. Nisso, você tem muito mais sorte. Talvez possa fazer um pedido à Sofía, as pessoas que vêm ao museu dizem que ela realiza desejos. — Sorri.

— Como uma baleia-gênio, você quer dizer?

— Sim, algo assim, ou uma baleia-deusa. Talvez...

— Gosto mais disso, apesar de que também pode ser um espírito sagrado.

— Ah, do sagrado eu não sei muito.

— Você conhece a história das trempulkalwe?

— Não, não faço ideia. O que é isso? Trem-pul... ke?

— São as baleias de um epew lafkenche, algo como um conto de fadas. Mas como a gente ainda vai se ver por aqui e eu gostei de você, proponho um trato pro futuro. Outro dia eu posso te contar do que se trata esse epew. Só promete que não vai perguntar à internet.

— Prometo. — Sorri.

*

Pascale caminhou lentamente até Sofía. Posicionou-se embaixo do grande esqueleto para observar a ossada com precisão. Os dois corpos juntos, como dois animais em extinção. Acariciou os ossos centrais do cetáceo, como se tentasse encontrar o local onde ficava o coração.

Um coração de baleia-azul pode medir até um metro e meio, pesar trezentos quilos e bombear oitenta litros de sangue a cada batimento. Pascale apalpou as fibras, as farpas, os ferros que mantinham sua estrutura intacta. O coração de uma baleia-azul era o maior deste mundo. Já não existem corações desse tamanho navegando pelo oceano.

Pascale não percebeu, mas eu estava fazendo o mesmo com seu corpo. Estudava seus gestos, seus movimentos, imaginava que ritmo teriam seus batimentos.

De alguma forma, eu me sentia afortunada por contemplar a aparição de dois animais marinhos.

E então, simplesmente, algo dentro de mim queimou sem dor.

ELA DANÇA SOZINHA

Pascale passou quase dois meses reformando toda a ala A do museu, o lugar que Leila ocupava diariamente. Aquele espaço era o lar de coleções, fotografias e pequenos vestígios inclassificáveis, para os quais minha zanmi deveria encontrar um local de abrigo e proteção. Durante a reforma, formamos uma tríade intensa e bela. Pascale se uniu à nossa amizade pelo estômago. Compartilhamos cada hora do lanche, trocando músicas, leituras e comidas.

Para festejar o último dia de Pascale no museu, Leila propôs que fôssemos a um bar. Ao sair do trabalho, andamos devagar pela rua Los Adoquines até chegar ao Centro histórico da Capital. O local favorito de Leila ficava numa das galerias próximas à praça, chamava-se Ella Baila Sola. Sim, por aquelas bandas. Era uma pequena fuente de soda[46] de paredes vermelhas e móveis de madeira antiga. A decoração consistia em palavras em néon e um grande lustre de lágrimas pendurado no centro. A proprietária, Isabel, era uma travesti linda obcecada pela poeta Idea Vilariño. Para cada pessoa que entrava, ela lia

46. Restaurantes populares no Chile que oferecem bebidas, lanches e pratos simples.

alguns versos enquanto fumava seu cigarro eletrônico de tons dourados.

Assim que entramos, ela nos cumprimentou toda efusiva, nos beijou e recitou como se fosse uma atriz de teatro:

Buscamos
toda noite
com esforço
entre terras pesadas e asfixiantes
aquele leve pássaro de luz
que arde e nos escapa
em um gemido.

Em seguida, entregou um papelzinho rosa com o poema escrito à mão. A folha cheirava a um perfume adocicado que me deixou enjoada. Leila pegou rapidamente o papel, fez um barquinho e o enfiou no meu bolso. "É para você, cheri mwen, um desejo futuro", sussurrou perto do meu ouvido. E, alguns segundos depois, disse em voz alta: "Palavra santa de Vilariño!", erguendo as mãos ao céu num gesto de adoração. Isabel e Pascale riram. Nós nos instalamos na mesa junto à janela e pedimos três micheladas com uma boa dose de tabasco. De onde estávamos, víamos a loja de filatelia El Penique Negro, que Leila costumava visitar para dar conselhos sobre como proteger os selos postais do pó. Ela parecia uma militante da memória.

Tínhamos um presentinho de despedida para Pascale. Durante semanas, elaboramos uma caixinha que simulava ser um arquivo portátil de Chilco. Classificamos, recopilamos e organizamos a informação. Transcrevemos fichas, crônicas coloniais, antigos dicionários. Escaneamos lâminas, ilustrações e mapas. Numa etiqueta, escrevemos: "ARQUIVO DE CHILCO". E logo abaixo da palavra "conteúdo", escrevi: "Para dias futuros, para dias sombrios". Entregamos a Pascale a caixa e um par de luvas de nitrilo de presente. Dentro, dispusemos seis envelopes de papel Kraft numerados, tamanho carta. Cada um tinha um título e continha diversos documentos na seguinte ordem:

/Etimologia de Chilco/
Ficha datilografada em máquina de escrever com a informação de dicionários antigos da biblioteca do museu.

/Flora/
Lâmina botânica com ilustração naturalista da espécie chilco.
Ficha com características da espécie e usos medicinais.

/História e geografia/
Ficha com um extrato do *Atlas da história física e política de Chilco*. Autora: Rivera, Fernanda. Editora: Imprenta Sociedades Americanas, 1995.

/Literatura/
Carta com um fragmento do *Diário insular (1857-1868)*. Autora: Wilhelm, Charlotte. Tradutora: Quilaqueo, Rosa. Editora do Océano S.A, 1870.

/Ilustrações/
Nº 1: Lâmina da ilha Chilco, ano 1619. Autor: desconhecido.
Nº 2: Gravura da ilha Chilco, ano 1854. Autor: desconhecido.

/Música/
Fita cassete com gravação de canto em mapudungun, transferência de cilindro de cera. Autora: Llafken, Llanquiray. Ano: Fim do século XIX. Ficha digitada com tradução para o castelhano.

/Material cartográfico/
Lâmina com carta náutica. Instituto Hidrográfico de Bahía. Ano: 1954.

A noite transcorreu com tranquilidade. Pascale e Leila conversavam animadamente sobre suas ilhas, revivendo histórias protagonizadas pelos personagens notáveis de cada território. Eu ouvia atentamente dando grandes goles de cerveja. Em cima da mesa havia vários guardanapos em que eu rascunhava com caneta azul, e de vez em quando assentia ao que comentavam. No entanto, por dentro me sentia um pouco desanimada. Não veria mais Pascale durante a semana, e com sua partida algo se quebrava em nosso cotidiano. Queria dizer que poderíamos continuar nos vendo, que continuássemos nesse diálogo inesgotável, nessa relação a três. E o mais importante, queria dizer: fica comigo. Mas não tinha coragem. Leila percebeu meu silêncio e disse:

— Vocês se parecem.

— Você acha? — respondi, franzindo o rosto com uma expressão de dúvida.

— No quê? — perguntou Pascale.

— Não se zanguem com o que vou dizer, não é um insulto, de verdade. Mas acho que vocês compartilham uma tristeza semelhante.

— Não me zango, mas estou surpresa, ué. A tristeza está tão na cara assim? — falei.

— Não, na verdade não é tão evidente. Mas tem algo no seu jeito de escapar, de narrar. A propósito, vocês já se beijaram?

— Leila! — gritei, soltando seu nome com vergonha.

— Que foi? Só estou curiosa. Também não vou ficar zangada — disse Leila, dando de ombros de maneira burlesca.

Nervosa, ergui meu copo e propus um brinde: "Às suas ilhas!". Batemos nossas cervejas e nos encaramos durante vários segundos. Pascale bebeu, deixou o copo na mesa e olhou para mim com seu sorriso enviesado. Ao fundo, Isabel recebia outras pessoas e recitava:

A pele com sua sedosa tepidez pede noites
e a boca beijada.

Naquela noite, fiquei no apartamento de Pascale pela primeira vez.

E nunca mais saí do seu colchão, que em poucos dias passou a ser nosso.

A CARTA

Uma carta repousava sobre o colchão. Pascale não estava ali, nem chegou a dormir. No seu lugar apareceu uma letra ligeiramente torta, pouco redonda, traçada em tinta preta. Uma folha escrita foi sua substituta. Senti uma dor no peito, uma pontada aguda. Naquele momento, consegui ouvir minha respiração agitada, como se eu mesma fosse outro corpo. Chamei Pachakuti e nos deitamos enredados, formando uma trama de pele e pelagem. Permaneci um bom tempo na horizontal, sem me mexer. Não me atrevi a ler a carta, tive medo de que fosse a última vez que sentiria aquele cheiro. Então, como uma revelação, como aqueles fiapos de sonhos que de repente irrompem nos rituais cotidianos, percebi que a carta cheirava a livros velhos, porque Pascale tem algo desse cheiro.

E temia que, se lesse a carta, seu perfume também desaparecesse.

Mergulhada nessa inércia, escureceu lá fora, eu escureci.

No dia seguinte, acordei com um *frap frap frap*. Mal abri os olhos, vi a língua de Pachakuti no meu rosto. *Frap frap frap*, sua linguagem de ternura. Me levantei, dei comida a ele e escovei os dentes. As ações de cada manhã eram pequenas cerimônias que evitavam o naufrágio. Mas, em vez de tomar banho, me vestir e preparar minhas coisas para ir ao museu, eu me joguei de volta no vício horizontal do colchão. Nem toda a extensão da dor se traduz em prazer.

Chegou a hora de ler.

Agora sim, pensei.

Querida Mari:

Um tempo atrás eu teria preferido nunca mais voltar às terras onde nasci. Mas hoje sinto que o mar me chama de um jeito que não sou capaz de explicar completamente, é difícil. Talvez seja verdade que não sabemos nos comunicar, mas vou tentar, prometo. Antes de mais nada, quero te dizer: estou bem, não se preocupe.

Acontece que alguma coisa se agita, se move e estremece, lá no fundo. Consigo sentir entre meu peito e o estômago. Sei que você vai dizer: isso que estremece é um desejo. Mas tendo a acreditar que é a paisagem. Não, eu não enlouqueci. Sabe? Sinto que o território me chama com uma voz, ou melhor, com um som, como se eu pudesse ouvir as batidas do seu corpo, sua pulsação. E o que se move dentro de mim é sua vibração. De repente, meu corpo se transforma numa caixa de ressonância, seu instrumento. Não ria, sei que você é capaz de entender isso, ainda que soe estranho. Estou falando justamente daquilo que você tanto repete quando me diz: a paisagem que você leva, a paisagem que você carrega. Aparentemente, essa paisagem vive nas minhas entranhas ou eu faço parte das dela. Não sei. Talvez seja isso que signifique ser lafkenche, ter um coração de mar.

O que sei é que preciso vencer meus medos. E esta carta é para justificar o silêncio que mantive covardemente, também pelo medo que sinto de voltar definitivamente a Chilco. Nunca menti para você, mas fiquei em silêncio, e você não merece isso. A verdade é que tive sonhos que não te contei. E eles me assustam, tenho medo do futuro, se é que podemos confiar nele. Me dou conta de que faço parte de um propósito maior do que eu, isso é o que temo, não podemos decidir tudo, muito menos controlar.

Nesses sonhos eu me vejo em Chilco, cavalgando no lombo brilhante de um cavalo preto. Sua pelagem resplandece e sinto seu hálito quente na minha pele. Às vezes, é como se fôssemos um corpo só, um animal selvagem. Também escuto vozes em mapudungun que me pedem para voltar. Escuto direitinho um ül, um canto na voz de uma papay, uma mulher mais velha que não conheço, que repete: iñche pepakeymi, iñche pepakeymi, vim te ver, vim te ver. Enquanto tento me concentrar na sua música, toda a ilha passa do fúcsia selvagem a um azul brilhante, um azul lápis-lazúli. É um azul intenso, um azul impossível. O azul mais azul que já vi. E sinto que o mar é um raio que me faz perder o controle. Meu coração também é azul, minhas mãos, meu corpo.

E eu te vejo ao longe, Mari, sim, você aparece lá, com um vestido que nunca usa. Aquele vestido que tia Camelia fez com a cortina de flores que você achou bonita. Seu vestido balança ao vento, Mari, seus cabelos também. Você está no topo, na colina atrás da casa de León. Mas você não é azul, Mari. Você é fúcsia selvagem, como as flores de Chilco. Aí, eu acordo.

Sei que tudo isso é difícil para você, por isso não peço que venha comigo. Você deve decidir sua própria vida. Entendo que queira ficar com sua família, no seu trabalho. No entanto, quero te dizer com todo o meu amor: a cidade Capital não existe mais. A waria[47] *já não é o lugar onde nos apaixonamos. Já não temos mais nem a beleza do movimento a que nos agarramos.*

Se este for nosso final, acho que tivemos sorte, nos encontramos. Nós nos amamos neste mundo, mesmo nessas ruínas. Porque você sabe muito bem que há pessoas que nunca chegam a amar (muito menos ao mar).

Te amo, Pascale.

Li a carta várias vezes e chorei, chorei todas as vezes que a li.

De repente, ouvi um barulho na entrada. Fiquei assustada, mas não tive energia para verificar o que estava acontecendo. Eu me cobri até a cabeça com a manta de lã, como se isso pudesse me tornar invisível. Enquanto isso, Pachakuti correu na direção da porta. Entre os latidos, ouvi um sussurro. Descobri o rosto e no limiar do corredor, com seu macacão de sempre, o sorriso de

47. "Cidade", em mapudungun.

Pascale. Aproximou-se, segurou gentilmente a minha cabeça e me deu um beijo na testa. Fiquei ali, naquele beijo, por um bom tempo. Senti seus lábios como um pequeno sol. Então, diante do entusiasmo de Pachakuti, Pascale pegou suas patinhas dianteiras, dançando com ele uma valsa ao ritmo de uma música imaginária.

— Você não foi ao museu? — perguntou.

— Não consegui, não estou me sentindo bem, estou meio doente — menti com voz queixosa, apontando para minha garganta. — Acho que preciso descansar.

— Olha, trouxe chichita morada pra você do carrinho da dona. Quem sabe com isso você melhora de vez.

— Oh, que gostoso, justo o que eu precisava, añay.[48]

— Sirvo um pouquinho pra você?

— Sim, mas com yapa... Ei, Pascale...

— Fala.

— Onde você estava? Por que não veio dormir em casa?

— Ah, caramba, ontem à noite dormimos no canteiro de obra, ficou tarde à beça e era perigoso voltar no escuro. Não quisemos nos arriscar com o toque de recolher, os milicos andam muito abusados. Lá no trabalho dizem que eles pegaram um monte de gente e levaram pra prisão, então preferimos dormir lá em cima. Mandei um recadinho pra você pela sra. Menche, mas pelo visto não chegou — disse as últimas palavras com uma suavidade que soou como consolo.

— Caramba, não, ontem não cheguei a topar com a sra. Menche. Saí um pouco mais tarde do museu, me distraí no arquivo com a Leila.

---

48. "Obrigada", em quéchua.

— Bom, então foi só um desencontro.

— Ai, não sei. Sinto que estamos num constante desencontro. Pascale, eu estava com muito medo. Na verdade, pensei que você tinha voltado pra Chilco.

— Mas, Mari, todas as minhas roupas estão aqui. — Apontou para o armário e riu com ternura.

— Eu nem conferi a casa. Vi a carta e fiquei completamente confusa, não consegui me levantar.

— Mari, eu sei que você está com medo, mas não pode se perder assim. Você precisa estar lúcida, tem que ser forte, ainda mais agora.

— Eu sei e não quero parecer frágil, juro que luto contra isso todos os dias. Mas o abandono é muito difícil pra mim, Pascale. Sou como aquela música do cachorrinho que espera e leva até a porta um pássaro de presente.

— Mas, Mari, eu estou aqui, não precisa do pássaro, tá?

— Sim. É jeito de dizer. — Ri com mais desenvoltura.

— E então, você leu a carta?

— Sim, li. Também chorei muito, você escreve muito bonito, amor, mas triste. Tenho medo de tudo, de ir, de ficar, de viver, de morrer.

— Mari, eu não posso ficar, já decidi. Me faz mal não voltar a Chilco. Tenho algumas responsabilidades importantes lá. Também tenho medo, você não é a única.

— É que tudo parece muito irreal, eu me sinto muito indecisa, Pascale. É como se eu estivesse presa num daqueles concursos de TV de antigamente, onde perguntam: "O que você faria se o mundo fosse acabar?".

— Caramba, é que é completamente irreal, ninguém

planejou ou previu isso, sabemos que é absurdo. Por isso acho que não tenho nada a perder tentando, pelo contrário. E mesmo que fosse o fim do mundo, aqui na cidade todos continuarão trabalhando, aqui ninguém para.

— Também não podemos culpar as pessoas — falei, com tom resignado. — Cada um procura um jeito de não pensar em toda essa merda.

— May, você tem razão, é outra forma de preencher os sumidouros. Mas o que me interessa é você, Mari. O que você vai fazer se for o fim do mundo?

— ... Bem. Como se diz "vamos lá" em mapudungun? — perguntei.

— Amuyu.

— Amuyu, então — respondi, com um suspiro.

IV
NOTAS DE UMA VIDA INSULAR

5. Ilustrações

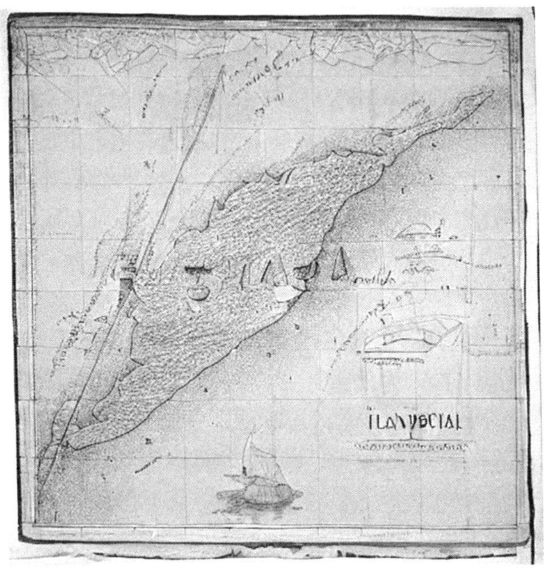

Nº 1
Autor: desconhecido.
Tipo: lâmina.
Ano: 1619.

Nº 2
Autor: desconhecido.
Tipo: gravura.
Ano: 1854.

A LEI DO GELO

Antes de me mudar para Chilco, minha awicha ficou brava. Decidi dar a notícia às três juntas, num domingo durante o almoço de família, para aproveitar o afeto das barrigas cheias pós-refeição. Pensei que seria mais fácil digerir a surpresa depois da comida, então me joguei sem rodeios. Camelia e Rosita me desejaram boa sorte com certa resignação na voz, mas a avozinha Flor permaneceu em silêncio. Depois se levantou da cadeira e decidiu me ignorar, sequer se despediu. Seu mutismo era a manifestação da sua raiva impiedosa, a esperada desilusão quanto ao meu futuro. Eu teria preferido algum grito pouco santo, alguma manga verde voando pelos céus.

Minha mãezinha disse: "Jaá, jaá isso passa, não liga pra ela, é sua lei do gelo, filhaa. Você sabe como ela é. Não se preocupa". Mas eu não conseguia ficar calma com aquela angústia atravessando meu peito. Por dentro, eu pensava com raiva, ela está fazendo a mesma coisa de novo, não vou dar esse gostinho a ela, ela vai ver só. Embora meu corpo só desejasse um "vai dar tudo certo". Porque a incerteza era uma serpente inquieta no meu intestino.

Já estava havia alguns dias em Chilco quando recebi um áudio de tia Camelia. Dizia que a awicha insistia na sua raiva.

Não queria me dirigir a palavra. E, para piorar, ela as repreendera por me deixarem partir. Disse que não concordava com minhas ideias, que como é que eu podia pensar em abandoná-las, que minha casa era na cidade Capital, não naquela porcaria de ilha. Nos primeiros dias fiquei arrasada, mas no fim dei uma de orgulhosa e aguentei semanas sem escrever nem telefonar.

Leila também não gostou da notícia. Ela não podia acreditar que eu renunciaria ao museu e, de quebra, à nossa intimidade diária. Respondi que eu havia tomado uma decisão e que, em última instância, a vida era minha, não dela. Então Leila ficou chateada por alguns dias e também optou pelo mutismo.

A última semana na cidade Capital foi horrível. Em vez de me preocupar com a viagem e em resolver os assuntos pendentes da mudança, eu estava ferida.

Mas, sem aviso prévio, Leila apareceu no terminal rodoviário. Ela e sua boca montículo. Seus olhos estavam inchados e avermelhados. Até aquele momento, eu nunca havia escutado meu nome ser gritado em desespero. Ela e seu turbante amarelo. Correu até a plataforma. Nós nos abraçamos, três corpos agarrados, emaranhados em diferentes proporções de harmonia, como uma trança. Enxuguei as lágrimas de Leila e apalpei nos dedos mais sal do que água. Imaginei pequenos cristais brotando do seu rosto. Ela e seu sorriso. Rapidamente, ela me entregou uma sacola de pano e apertou minhas mãos com suavidade. Dentro da sacola repousava uma estatueta de mulher enfeitada com estrelas e com um dragão nos ombros. Era sua lwa protetora, uma espécie de espírito. Eu já a vira no altar que ela tinha no quarto. Nos tempos mansos, nós ficávamos enfiadas nas cobertas da sua cama, e dali eu observava com curiosidade os objetos cuidadosamente expostos no quarto. Naquela época, eu imaginava as viagens feitas pelos elementos que nos acompanham, as rotas migratórias daqueles pequenos tesouros que nos consolam nos momentos de desamparo, seja onde for que estivermos vivendo.

Ela sabia disso, portanto estava me entregando sua fortuna.

Antes de eu subir no ônibus, Leila sussurrou no meu ouvido, "Cheri mwen, você sempre terá um lugar para onde voltar. Estarei aqui esperando". Em seguida, ela abraçou Pascale e advertiu em voz alta: "Zanmi, pobre de você se não cuidar dela. Di'l tout sa ki nan kè'w, diga a ela tudo o que você tem no seu coração". Pascale segurou as mãos de Leila como se fossem um animalzinho indefeso, abrigou-as entre as suas, formando um pequeno ninho, e as pôs no meio do seu peito. Respondeu suavemente: "Piwkeyeyu, poyen wenüy. Levo você aqui, querida".

Desde que conheci Leila, nunca havíamos ficado separadas por tanto tempo.

Jamais esquecerei sua imagem do outro lado da janela, sua mão estendida até desaparecer.

Não há nada mais triste do que se despedir de um antigo amor, pensei então.

Com minha awicha Flor foi diferente, demoramos um tempinho para fazer as pazes. No fim, dei o primeiro passo. Um dia minha raiva passou e comecei a mandar para ela vídeos de um porquinho-da-índia dançando cúmbia. Embaixo escrevi: "Sou pequenininho, não me coma". Compartilhávamos essa piada interna desde que eu era pequena. Naquela época, Flor comprou no mercado um casal de porquinhos-da-índia vivos para comemorar o aniversário de trinta anos da minha mãe Rosita. Achei que eles seriam meus novos irmãozinhos, mas, quando soube que seriam sacrificados, eu os libertei, desencadeando a fúria dos convidados.

Mas a awicha não respondia às minhas mensagens, por mais engraçadas que fossem. Eu estava prestes a me render à sua birra quando recebi um áudio.

Era a voz dela.

Eram as palavras dela.

Ela dizia: "Ai, menina boba, k'aspi chaqui!".

Sua linguagem do carinho para me dizer "pernas magras".

Sorri.

A FUGA DE ANTONIA

Quem criou Pascale e sua irmã foi o pai, León. Um homem de costas largas e semblante sério. Ele se dedica à carpintaria e nas poucas horas vagas mergulha, pesca ou sai para catar mariscos. Todos os dias se levanta de madrugada e faz llellipun[49] com os pés descalços enterrados na areia, olhando para o espaço exato de onde o sol surge em frente ao mar. Joga flores, agradece, faz pedidos ou perguntas. Metade em mapudungun, metade em chilquenho. Às vezes, sua oração parece um canto, repete algumas palavras, alonga sílabas, como se carregasse a cadência das ondas no corpo. A primeira vez que o ouvi, fiquei surpresa, mas tentei disfarçar. Uma voz interior me disse: "Você nunca saberá o que significa amar este mar".

Senti uma vergonha profunda por não saber absolutamente nada sobre o que estava acontecendo. Mas, acima de tudo, por não saber nada sobre mim. Quem eu era e o que estava fazendo aqui? Naquele instante, tudo que eu conhecia despareceu, insignificante, na espuma.

---

49. Cerimônia tradicional da cultura mapuche, que envolve invocações e rituais de agradecimento e reflexão.

Todo o continente e sua banalidade se extinguiam em sumidouros, com sua voz de fundo ecoando antes do amanhecer.

A mãe de Pascale se chama Antonia. Uma mulher continental, pintora de paisagens. Chegou jovem à ilha, acabara de se formar na universidade, disposta a aproveitar suas primeiras férias sozinha. No entanto, à medida que os meses passavam, decidiu alugar um ateliê no centro de Chilco e ficou morando lá durante alguns anos. Foi assim que inevitavelmente conheceu León, que emoldurava seus quadros com pedaços de madeira que ele recolhia das árvores caídas.

Antonia abandonou o lar de Chilco assim que Pascale entrou no colégio. No dia da sua fuga, Antonia acordou cedinho. Preparou o café da manhã, limpou a casa, cozinhou pulmay e regou as plantas. Levou Pascale à aula e deixou Meli com a vizinha. Finalmente, deixou uma carta em cima da mesa e pegou o último ferry que zarpava naquela tarde.

Nunca voltou. Nunca ligou.

Pascale não sabe se foram felizes, Meli também não.

Quando pergunto, seu pai dá de ombros com resignação.

Na família de Pascale, a mãe não é odiada, é apenas um mistério, uma completa desconhecida. Às vezes, vemos fotografias antigas onde ela aparece jovem segurando os bebês nos braços. Seu vestido lilás, seu longos cabelos castanhos. Não parece haver algo estranho nela. Pascale tem seus lábios, sua irmã tem seus olhos. Tento examinar seu olhar, seus gestos, em busca de pistas sobre algum segredo, vestígios desesperados, mas não encontro nada. O imperceptível do dano é que ele pode se manifestar nos mínimos detalhes aos quais nos acostumamos. Uma torção sutil que não percebemos com delicadeza suficiente. Por isso, é imperativo aguçar nossa percepção.

Na casa de León, ainda estão expostas obras de Antonia em molduras de mañío. Suas histórias são contadas sem ressentimento. O peculiar é que seus pertences seguem ali, expostos sobre os móveis como se ela fosse outra habitante do lar. Há pequenas esculturas, enfeites de cerâmica, bonecos de tecido. No entanto, ninguém guarda rancor dela, e isso para mim é muito difícil de entender. Pascale diz que isso se deve à minha origem continental, pois se eu fosse de Chilco a ideia do abandono seria menos distante para mim. Eu digo que não se trata de território, mas de família. Mas talvez as duas razões sejam questões inseparáveis.

A mãe é o que na ilha chamam de dissidente, uma mulher de fora que se apaixonou intensamente, mas a amargura insular falou mais alto. Ela não suportou tantos anos de oceano, de distância e deslocamento.

Ou pelo menos é o que dizem.

A princípio, não duvidei dessa versão, embora suspeitasse de tanta harmonia.

Não duvidei pois também era a história que Pascale me contava.

O QUE BROTA PERTO DA ÁGUA

Estamos num jantar intimista na casa de León, aqui os objetos cheiram a fumaça, a lenha. Há vários convidados importantes, algumas autoridades da ilha e amigos da família. Não os conheço, mas todos parecem agradecidos e até felizes pelo regresso de Pascale. As pessoas se aproximam de nós, me observam de rabo de olho e lhe pedem conselhos de todo tipo. Fazem até perguntas relacionadas à medicina, ou pelo menos é o que acredito entender. Isso me causa curiosidade, porque desconhecia essa paixão em Pascale. Nos diálogos espontâneos surge a nomeação de uma ervinha endêmica aqui, do corte preciso de uma raiz ali. Beber a infusão a cada tantas horas, macerar as folhas e triturar algumas sementes. Tento me concentrar no que eles estão dizendo sem parecer impertinente, mas logo mudam de idioma. Ensaio as palavras que não conheço, repito-as como uma reverberação dentro de mim.

Os chilquenhos compartilham um idioma comum, como um quipu[50] emaranhado que os costura por dentro. Isso fica evidente

50. Instrumento inca para comunicação e registro contábil. Alguns estudiosos sugerem que também funcionava como um sistema de escrita. Feito de cordões coloridos, cada nó representava uma mensagem distinta, permitindo a rápida transmissão de informações ao imperador inca em Cusco.

não só quando mencionam certas palavras e sua pronúncia, mas também quando conversam sobre a ilha na frente de estranhos, como se fizessem parte de um afeto comum. Uma dor ou uma alegria em alguma parte do corpo. Falam de Chilco com uma profundidade muito diferente. Não é estranho pensar que concebem a ilha como mais um ser vivo, na sua completude ou no seu fragmento, que os abriga e, ao mesmo tempo, os expulsa.

No centro da casa, há uma longa mesa de madeira. Pela cor, suponho que seja de murta, mas ainda não sei distinguir os diversos tipos de árvores nativas. Tenho um caderninho onde faço esboços e anotações sobre as espécies que habitam a ilha. Cada aprendizado é um bosque que cresce. Na cidade Capital, com sorte havia espinheiros e lingues, embora a maioria tenha desaparecido com o ataque dos sumidouros. Estou imersa nessa dúvida, com o olhar fixo na mesa, quando León se levanta para brindar. "Waypa!", ele diz erguendo a taça. Todos repetem a mesma palavra em coro. Vou até Pascale e digo: "Imagino que isso signifique saúde, certo?", mas nesse momento Meli nos interrompe e não chego a ser ouvida. Pascale me responde com um gesto de mãos, uma rotação dos dedos indicadores, que interpreto como "depois você me conta".

Tento escutar a conversa de León com seus amigos. Os homens da ilha são diplomáticos, embora distantes. Falam, pensam e riem entre eles, mas quando intervenho tenho a sensação de que não me dão atenção, de que mal me olham nos olhos, como se minha existência ali fosse um acidente. Sinto que ainda me tratam como a turista dos verões anteriores, como uma intrusa que não infunde temor. Não sei se é porque sou de fora ou porque sou mulher. Ou talvez as duas coisas.

Se não fosse pelas Wapi e pelas Alguinhas Marinhas, a fraca luz do sol demoraria ainda mais a aquecer meu corpo nesta ilha.

Pascale trabalha com o pai, na carpintaria e na pesca. Dedica muitas horas aos dois ofícios, e sobra pouco tempo para a gente conversar, até menos do que quando vivíamos no continente. Talvez isso aumente minha sensação de solidão, ainda que no fundo eu saiba que a solidão é uma ficção. Porque aqui tudo cresce e se emaranha à nossa volta: insetos que polinizam, aves que anunciam a chuva, fungos que emitem impulsos elétricos para se comunicar entre espécies. Minha existência não está isolada dos múltiplos tempos interligados, das múltiplas formas de linguagem que se desdobram nas fendas da terra.

Os habitantes da ilha permanecem o dia todo absortos nas suas tarefas, há sempre algo por começar ou terminar. O campo e o mar requerem paciência e sacrifício. A arte do cultivo exige uma memória que se herda, um aprendizado aferrado a outras vidas possíveis. A dança das mãos entre nervuras e espuma surge da lembrança daqueles que semearam e navegaram, forjando essa paisagem de forças que brotam.

Talvez seja esse o *ritmo* que me falta.

Meu órgão ausente é um compasso contra a prontidão.

A percepção sem pressa de reconhecer o que brota perto da água.

As pessoas de Chilco demonstram muito respeito por León e, em consequência, por Pascale, ao menos aparentemente. Achei que tudo seria mais hostil quando nos instalássemos;

um preconceito a menos, penso. A conversa continua à mesa, embora haja pouca troca de palavras, parece mais um discurso de León ao qual de vez em quando alguém acrescenta: "Feley".

Divago e me desconcentro com algumas lembranças dos tempos mansos. De repente, minha memória é interrompida por aquele cheiro indecifrável. Às vezes é intenso, às vezes é suave. Estou prestes a comentar algo a respeito, mas me vejo envolta na frase: "Tem gente que nunca se acostuma a ver o mar engolindo tudo", diz León e olha para mim. Como eu não estava prestando atenção, não sei se estou imaginando seus olhos em mim ou se ele está mesmo fazendo isso. Fico suspensa no ar. Me sinto estranha. Olho para baixo e desajeitadamente solto uma piada, mas ninguém ri, ninguém entende. Minha risada inerte fica ali, solta, tonta, como um eco quicando nas paredes de madeira.

Eu me levanto da mesa e saio para a varanda, deixando a porta aberta. Não consigo parar de pensar naquela frase: o que quer dizer? O que significa? Pascale me observa de longe e me devolve um sorriso. Isso me acalma. Fecha os olhos numa piscada lenta, como os gatos. É nosso gesto secreto de cumplicidade. Respondo com um beijo no ar.

Acendo um cigarro pela metade que está solitário numa grande concha de molusco. Também não sei o nome dessa espécie. Talvez um pouco de fumaça consiga ofuscar esse fedor.

Contemplo a cena de fora, embora toda a minha estadia pareça isto: *de fora*. Ninguém percebeu que deixei o quadro doméstico, exceto Pascale. Lá dentro, continuam conversando. Se bem que agora o rosto deles mostra seriedade. Como se o rumo da palavra tivesse mudado desde que me levantei. Quero escutar, apuro o ouvido. Uma vez mais, aparece a língua que não entendo. "Devo ter paciência", repito para mim mesma. Mas então tenho um estranho impulso. Sem pensar, entro na casa, me dirijo à mesa e digo:

— Eu acho que, assim como é possível amar intensamente, é possível renunciar da mesma forma.

Então a resposta de todos é uma onda de silêncio.

Todos me encaram atônitos, até os que estão de costas viram o rosto na minha direção. Mas não há compreensão possível, não há tradução. Estou em outro ritmo e sinto uma vergonha terrível. Disse algo que deveria ter respondido vários minutos atrás, mas agora é uma frase deslocada, como uma pincelada que sai da paisagem. As respostas espirituosas, certeiras, chegam tardiamente. As respostas apropriadas são esporos disseminados em outras línguas, não na minha.

Eu me acostumei a enfeitar a tragédia com piadinhas, tanto é que as questões profundas demoram a sair da minha boca. Mas nesta ilha parece que parte da tragédia também sou eu.

Ainda que talvez eu esteja apenas exagerando.

DESEJO VEGETAL

Quando Pascale avisou à sua família que voltaria a Chilco, todas as peças se mobilizaram rápido. León nos ofereceu seu antigo quarto, mas recusamos gentilmente. Meu único requisito para vir até aqui foi: "Preciso da nossa ilha na ilha, preciso de privacidade". Pascale concordou.

Depois de poucos dias de procura, León nos deu a boa notícia. Havia encontrado um lugar. Eu não conseguia acreditar na rapidez, na coincidência, mas Chilco não era a cidade Capital e, apesar de ser uma ilha, ainda há mais terrenos do que pessoas. Quando León ligou, disse que entraria em contato com os proprietários e que faria o possível para que Pascale pudesse voltar. Nessa ligação, notei certa preocupação na sua voz. Talvez tenha sido pela ênfase que ele depositou na palavra *voltar*. Mencionou-a de tal modo que ela soou diferente, como se de repente não significasse mais a mesma coisa. Pelo menos não para mim. Pensei que havia algo escondido naquele sotaque, que sua urgência ocultava uma razão de fundo. Então, surgiu a suspeita, tatuada a sangue frio.

Talvez minha desconfiança se baseasse apenas na minha absoluta ignorância quanto às preocupações de um pai. O que eu poderia saber do amor de um homem que gera?

*

Nos primeiros dias em Chilco, ficamos na casa de León, porque a nossa ainda precisava de alguns reparos antes de ser habitável. Conseguimos um lugar perto das falésias, um antigo casarão de dois andares, a preço muito baixo. O dono morava em Bahía, tinha essa propriedade abandonada e não estava interessado em alugar, mas León acabou convencendo-o. Ao que parece, eles se conheciam desde pequenos, como todos. León nunca nos explicou muito bem como conseguiu persuadi-lo, mas também não me lembro de ter perguntado.

Existem várias casas desabitadas na ilha, mas ninguém as ocupa nem aluga. São muros que permanecem numa pausa anunciada e, com a calma dos anos, cedem sua arquitetura a inquilinos não humanos. A verde exuberância que dispara pelas janelas é a marca dos chilquenhos que nunca voltaram. O impulso de viver além-mar, a falta de dinheiro, a obrigação de partir. Os anos de exílio podem ser medidos pela altura dos matagais. Uma ausência substituída pelo desejo vegetal que se estende em direção à luz.

O casarão é antigo, mas estruturalmente está em bom estado. A fachada é de cimento liso, pintada de uma cor esverdeada. Uma das quinas tem linhas arredondadas, simulando a proa de um navio. E cada andar é um lar independente. Embaixo mora Sandra, uma senhora mais velha que nunca se deixa ver. Suas cortinas estão sempre fechadas, mas noto sua presença porque ela sintoniza na mesma rádio todos os dias.

Minha obsessão pelo estranho cheiro surgiu no mesmo dia em que conhecemos a casa. Desde que abrimos a porta e subimos a escada pela primeira vez, nunca mais me abandonou. No começo, não dei muita importância. Meu entusiasmo em ter um lar fora das ruínas se concentrou em imaginar uma vida singela ao lado de Pascale e Pachakuti, una vida simples junto à janela. Eu pensava: "Tudo vai ficar melhor quando eu organizar, tudo vai ficar melhor quando eu limpar". Mas tínhamos muito trabalho pela frente.

Às vezes, a reforma parecia um projeto impossível. A casa estava completamente abandonada. Tudo à mercê das intempéries do oceano, dos animais e da natureza. O musgo subia pelas portas e a hera trepava pelos muros, só para mencionar algumas das espécies vivas que encontramos no seu interior. Porque aqui, nestes cômodos, havia mais fauna e movimento do que eu imaginava em toda a ilha.

Pascale e eu dedicamos dias inteiros a trabalhar para que a palavra "lar" não ecoasse de modo estranho nas paredes. Arrastamos aquele colchão que somos, agora rodeado de baseados e cantos de corvos-marinhos. Aos poucos, a casa foi se transformando em nosso tão sonhado refúgio das fraturas continentais. Com a distância, era mais fácil perceber os danos. Hortelã, arruda e mático. Reparamos as telhas, o chão de madeira, as portas velhas. Malva, camomila e verbena. Reparamos os abandonos, os silêncios, os escombros. Tomilho, sálvia e lavanda. Reparamos as dores grudadas na pele desses meses ferozes. Alecrim, paico e louro. Preenchemos a atmosfera com outros aromas, para absorver o fedor como um jardim interior em germinação.

ALGUMAS ILHAS SÃO ANTIGOS VULCÕES

Manhã

Chegamos à ilha em plena temporada de frio. A luz do sol é oblíqua e amanhece com neblina. Quando acordo, Pascale já se foi. Todos os dias se levanta de madrugada, faz llellipun e toma café da manhã com León. A distância entre a casa dele e a nossa é de vinte minutos de caminhada lenta pelas ruas mais povoadas de Chilco. Eu fico na cama com Pachakuti, até o sol despontar completamente sobre o mar. Às vezes, demoramos um pouco mais ou um pouco menos a levantar, depende do clima e do ânimo. Ultimamente, sempre demoramos mais. Ali, coberta de lã até a cabeça, imagino como deve ser remar sozinho até o outro extremo da ilha, imagino como deve ser se render à vontade do oceano.

Levantar é um grande esforço, me dá trabalho. Assim que consigo, abro as cortinas. Os vidros estão embaçados, têm uma fina camada de gelo. Desenho um círculo imperfeito que desaparece quando abro as janelas. A brisa entra e sou tomada por um mar bravo, talvez chova.

Do lado de fora, tudo que existe parece tocado pelo orvalho. Os telhados, a grama e as pedras se tingem de uma cor intensa. Na varanda, veem-se rastros de caracol e pequenas perfurações nas plantas. Dentro, começam os rituais do dia. Preparo o mate, me lavo devagar, acendo incensos para o cheiro e, no fim, me sento em frente ao computador.

Passo as manhãs digitando categorias, números e descrições em pequenas células. Organizo as funções das planilhas para avaliar o material e gerencio o conteúdo eficiente dos documentos. Mas ali, entre as fórmulas, tudo se torna abstrato. Entre letras e números, a matéria e a existência desaparecem.

Pelo menos os trabalhos práticos me ajudam a não pensar muito.

Leila é a responsável. Ela fez o impossível para conseguir esse trabalho remoto para mim. Insistiu que eu não podia ficar à deriva econômica, por mais que confiasse na austeridade da ilha. Por mais que confiasse em Pascale. E, teimosa como ela é, conversou com a direção do museu, conseguiu convencê-los e eles inventaram um pequeno papel de assistente para mim, o que se traduziu na sistematização de parte das tarefas administrativas do arquivo. O salário é mínimo, mas qualquer moeda vale ouro em Chilco. Aqui tudo rende mais, até o dinheiro. Só preciso de um computador e um pouquinho de internet para manter o trabalho e o rigor. No entanto, o sinal não chega a todos os cantos da ilha, de modo que uma vez por semana eu subo a colina mais próxima, me conecto à rede e envio os documentos.

Aqui, a solução consiste em subir até o topo de algum morro.

Há algo curioso na humanidade quando se trata de altura. Hoje é sexta-feira, é dia de subir, mesmo que chova.

Tarde

Nas sextas, além de subir a colina, aproveito para caminhar. Talvez seja uma forma de resistir para que não insistam que estou deprimida. Pachakuti me acompanha, lambendo minha mão e dando pulinhos. Calço as galochas, disposta a afundar na lama se for preciso. Há partes da ilha que ainda não conheço, apesar do seu tamanho no mapa. Se dependesse da representação cartográfica, Chilco seria uma semente de amaranto flutuando no oceano. Suas paisagens e seus nomes se eclipsam diante do olhar superficial do continente. Sua história também, o mundo inteiro discute sua origem, mas ninguém parece se importar com a espoliação.

Toda sexta-feira me empenho em caminhar um pouquinho mais, saco meu caderno e esboço algumas espécies. Tento replicar em pequena escala as enormes nalcas, tateio seu relevo para reconhecer sua forma interna. A umidade faz com que tudo cresça de forma desmedida. O que me parece mais bonito nesse caminho é a falta de simetria, nada é liso diante da investida selvagem de raízes, fendas e brotos. Onde estará a linha fronteiriça que separa o leste e o oeste insulares? Consigo traçar a casca rugosa de uma árvore de pitra quando somos surpreendidos pela chuva. O som do vento anuncia a força da água, os pingos caem de forma desordenada. Os guarda-chuvas são úteis para quedas verticais, para linhas retas, para chuviscos urbanos.

Aqui, resta apenas se entregar à tempestade.

Pachakuti se assusta com os trovões, late para o céu e corre para uma pequena guarita coberta que parece uma antiga parada. Seu *au-au* se mistura ao *chap chap* da água.

Na superfície do barraco há algumas pichações, a maior delas escrita em fúcsia. Abaixo, uma silhueta da mesma cor desenha a ilha com uma linha irregular, parece um pedaço bruto de ametista. Na parede, lê-se:

"CHILLKO WAPI LIVRE."[51]

"FEWLA!"[52]

De longe, os olhos de Pachakuti brilham como os de um filhote de cordeiro, esperando impacientemente o calor mamífero de outro ser. E eu sou esse calor, esse outro, que nunca parece chegar.

Fico um bom tempo embaixo das nuvens, permito que a chuva abafe, nem que seja por um instante, o cheiro.

A tempestade arrefece, seguimos nosso caminho. Quero chegar às praias do oeste que Charlotte Wilhelm descreveu no seu *Diário insular*, escalar os rochedos e contemplar os vestígios que restam das suas aventuras nesta geografia. "Algumas ilhas são antigos vulcões, onde o fogo do passado ainda se aninha", assim começa seu livro. Leio suas páginas como quem consulta um oráculo. "Você tinha medo dos índios, Charlotte?", pergunto em voz alta, enquanto Pachakuti fareja um novelo de lã preso nos arames de uma cerca. Existem outros escritos sobre a ilha, sobretudo crônicas de missionários jesuítas ou de cientistas exploradoras como Isabella Hawthorne. Mas minha favorita continua sendo Charlotte, talvez porque quando ela ficava sem palavras para descrever, lançava mão do carvão para esboçar o desconhecido.

51. "Ilha Chilco livre", em mapudungun.

52. "Agora", em mapudungun.

Somos atraídos pelo que se assemelha à nossa própria maneira de interpretar o extraordinário.

Caminhamos vários quilômetros e o mar ainda parece inalcançável. Às vezes sinto que esta ilha se estende mais à medida que avançamos, e tanto cansaço me desanima. Pachakuti também parece exausto, então eu o pego no colo. "Vai ficar pra próxima sexta", digo a ele, limpando a lama das suas três patas.

Sinto vontade de fumar um cigarro, mas apalpo o bolso e não encontro nada. Esqueci o fogo em casa. Nunca fui uma boa fumante, mas Chilco provoca em mim um desejo de fumo. Então, começo a ficar ansiosa, e o que era um desejo insignificante se torna imenso, urgente. Preciso de fogo. Não há casas à nossa volta, nem sinais de presença humana. Há apenas ovelhas, galinhas e cavalos sem pressa. Caminhamos vários quilômetros e é evidente que a parte oeste da ilha é a menos habitada. Dizem que os ventos são ferozes no inverno, arrancam tantas árvores e telhados que afastam a possibilidade de que as pessoas se instalem nestas terras. No entanto, alguns metros adiante avisto algo parecido com uma placa. Um trovão ressoa e faz a grama tremer, apertamos o passo antes que a tempestade nos alcance.

A placa é de um armazém e, apesar da umidade, ainda é possível distinguir algumas letras e uma seta vermelha que aponta um caminho para dentro. Seguimos as instruções. O trajeto é estreito e íngreme, não consigo ver o horizonte, meu entorno parece um país de lama e selva. No céu, um casal de quero-queros grita insistentemente enquanto bate as asas, Pachakuti grita de volta para eles. Depois de vários minutos nos esquivando das aves, aparece uma casa alaranjada, solitária. As luzes estão acesas e sai fumaça pela chaminé, deve haver gente. Chego mais perto. Na entrada há um cartaz que diz:

- PÃO AMASSADO COM TORRESMO.
- CHICHA DOCE DE MAÇÃ.
- LENHA SECA.
- ~~QUEIJO DE CABRA~~ ACABOU.

Grito: "Olááá!". Pachakuti faz o mesmo com seus latidos. Após algumas tentativas, desencadeamos um turbilhão de mugidos, relinchos e balidos que nos respondem de diferentes pontos da ilha. Pachakuti se assusta e se refugia entre minhas pernas com um ganido choroso. "Tá tudo bem, bebê", digo a ele. Insistimos, mas ninguém vem abrir. Está começando a congelar, então pego Pachakuti nos braços e ponho meu capuz. Tento um último grito e finalmente escuto um barulho vindo do lado de dentro.

Alguém sai coberto por uma capa de chuva preta, não consigo ver seu rosto. Aproxima-se devagar para abrir o portão, seus movimentos são ágeis. Na minha frente, tira o capuz e sorri. "Entra, tá frio", diz. Para minha surpresa, é um adolescente. Desde que me mudei para a ilha, nunca vi nenhum. Tem os cabelos loiros e os olhos de um azul-claro e intenso, aquífero. Entramos na casa, é um lugar simples com duas poltronas de vime e uma mesinha no centro. As paredes não têm enfeites, exceto por um rifle e um quadrinho com um desenho que não consigo decifrar. Tento parecer desinteressada diante desses elementos, mas, assim que vejo a arma, me arrependo de ter entrado com tanta confiança. Sobre a mesa estão alguns pratos com restos de comida e cinzas. O ar da casa está impregnado de cheiro de cigarro, como um velho bar sem janelas. Essa pestilência me tira a vontade de fumar, os fedores se misturam dentro de mim e uma comichão de vertigem percorre meu estômago.

O garoto se senta na poltrona, abre as pernas e acende um cigarro. Seu corpo é grande, mas seu rosto anguloso revela sua juventude. Ele me observa em silêncio, curioso, como se tentasse me reconhecer. Finalmente, abre a boca.

— Senta, pode secar tua roupa no fogo — diz, apontando para o aquecedor a lenha.

Ele não fala nem se comporta como um chilquenho, penso. Sua língua parece travada com um pedaço de aipim, a expressão "ter uma batata quente na boca" nunca fez tanto sentido. Acho que acabo de entender o significado de *ritmo*.

— Obrigada, eu estava com muito frio. Você está sozinho? — pergunto a ele enquanto olho em volta.

— Sim, minha família está em Bahía. Qual é teu nome?

— Marina, mas todo mundo me chama de Mari. E o seu? — digo, acariciando Pachakuti.

— Meu nome é Bruno e todo mundo me chama de Bruno. Sem graça, né?

— Bem, soa a nome de gente mais velha. Vem cá, você não deveria estar no continente?

— Deveria, mas não quero, e eu só faço o que eu quero. — Ele ri. — Tive uns rolos e larguei o colégio. Faço dezoito mês que vem. Quantos anos tu tem?

— Muitos a mais, tenho vinte e seis.

— Não parece, tu tem cara de mais nova. Como se chama teu cachorro manco?

— Pachakuti.

— Que nome mais estranho! É mapuche?

— Não, é quéchua-aymara.

— Estranho do mesmo jeito, então. — Ele ri.

— Por que você acha tão estranho?

— Porque é estranho, pô, não é um nome normal pra um cachorro. Por falar nisso, tu é mapuche? — ele pergunta com sarcasmo.

— Não, por quê?

— Não sei, pô, curiosidade. — Ele ri debochadamente. — Também dá pra ver que você não nasceu aqui.

— Não, sou continental.

— De que parte?

— Nasci na cidade Capital.

— Ahh... mas é claro.

Nesse momento, ouve-se um barulho no cômodo ao lado, algo se move ou se debate. Duvido de que estejamos sozinhos na casa, mas não me atrevo a perguntar. Eu me divido entre náusea e medo. Faço de tudo para sair logo dali, me sinto uma tonta. Em que momento decidi entrar? Ele parece não se abalar com os sons, continua a me observar, quase sem pestanejar.

— Olha, Bruno, está ficando tarde pra mim. Tenho que chegar em casa antes que escureça.

— Então por que você veio?

— Por algo que não preciso mais, não se preocupa.

— Mas tua roupa tá molhada. Tu podia ficar aqui, minha mãe não vem hoje.

— Não, obrigada, preciso ir.

— E onde fica tua casa?

— No leste, perto da falésia.

— Mas qual é a casa?

—... É uma meia verde — respondi hesitante, sem dizer exatamente o local.

— O casarão da machi?

— Não, não, uma que parece um navio — falei, cansada da sua insistência.

— Mas é lá que mora a machi, pô!

— A sra. Sandra?

— Não, aquela velha cretina, não. Eu tô falando da filha mais velha do Antilaf, aquela garota esquisita.

— Que Antilaf?

— O índio velho do León, pô, aquele que mataram a esposa. Ahh... espera...

— Preciso ir.

—... Já sei quem tu é — ele diz, sério, torcendo a boca.

De repente, sinto que estou sem ar. A única resposta que me ocorre é: "León só tem uma filha". Ele dá uma última tragada no cigarro e apaga a guimba no chão. Em seguida, aproxima-se lentamente, marcando cada passo de forma exagerada contra a madeira.

Eu me levanto rapidamente do meu lugar, observo as saídas disponíveis, mas ele se adianta e se planta na minha frente. Ouço mais barulhos. Fico parada, devolvo um olhar desafiador, sustentado.

Não darei a esse fedelho o gostinho de me assustar, penso.

Ele não se move, é um muro.

Pachakuti rosna para ele e mostra seus dentes na defensiva. Consigo me esquivar de seu corpo.

— Olha, já disse que preciso ir — digo, com um tom irritado.

Minha atitude o desconcerta. Pego Pachakuti e ando rapidamente até a saída.

Ele não me detém. Abro a porta e corro com todas as minhas forças.

Corro, corro, corro, sem olhar para trás.

Ao longe ouvem-se gritos, um tiro, o sol se põe.

A luz do sol é uma fissura avermelhada, uma ferida aberta no horizonte.

Noite

Tento lembrar o caminho de volta para casa, quase instintivamente. Não sei por quanto tempo corri, mas sinto uma pontada na lateral do corpo, embaixo das costelas, como se um puma inquieto tentasse escapar de dentro de mim. A ilha mergulha na escuridão, mas a lua me permite distinguir os relevos da estrada. Não sei que merda foi essa que acabou de acontecer, não consigo entender.

Preciso de Pascale, preciso que me abrace. O trajeto parece eterno, tudo parece interminável. De repente, ouço o barulho de um motor e vejo luzes ao longe. Agarro Pachakuti e nos escondemos atrás das nalcas. Um jipe passa em alta velocidade, com vidros escuros. Apesar de ser mais difícil, decido sair do caminho, sinto que estou remando contra a corrente, mas não tenho outra opção.

Depois de um longo tempo, chegamos ao leste. A luminosidade do território marca a linha fronteiriça, uma faixa de pequenas luzes que salpicam a escuridão com seu brilho. Essa é a divisão entre leste e oeste, a luz. Não tenho mais forças, mas faço um último esforço e volto a correr. Pachakuti me ultrapassa, de tempos em tempos ele volta e puxa minha calça para que eu o siga. Pascale deve estar na casa de León, vou direto para lá.

Chego. Há muita gente do lado de fora, algumas velas iluminam a fachada da casa. Algo dói em mim. Aperto o passo, todos me olham de forma estranha. Entre as pessoas, reconheço Elena, que se joga sobre mim e me abraça forte. "Calma, vamos entrar", ela me diz. Lá dentro estão Meli e Kalfü. Não entendo que merda é esta que está acontecendo. Começo a gritar com eles, desesperada. A única coisa que consigo articular é: "Onde está Pascale, porra?". Mas Meli nega com a cabeça e cobre o rosto com as duas mãos.

O rádio está ligado, e toca sem parar a mesma música triste em inglês.

If you leave me now
You'll take away the biggest part of me.

Não há ninguém na rádio — digo a eles.

6. Música

“*Chillko wapi ül*”, por Llanquiray Llafken.
Registrado no final do século XIX.

Nome lafken may, inaltu lafken
ayayay, rume ngümaken
rume lladküley tañi piwke
lukutulen eymi mew
fütra yene
kallfü ka ran
poyen yene
yetuaymi chillko lawen
iñche nga ñi kuñifal piwke mew
fey mew küpan
küpa ngümawelan.

"Canto da ilha Chilco"

Do outro lado do mar, à beira do mar
aiaiai, sempre choro
muita tristeza tenho em meu coração
ajoelhada estou diante de ti
grande baleia
azul e prateada
amada baleia
levarás teu remédio de chilco
eu com meu pobre coração
por isso venho
não quero mais chorar.

NOSSA LINGUAGEM FINAL

Amanhece, outra vez.

O sol não liga para nossas dores, o mundano é inerente à condição humana.

Não importa.

Vou falar com você em voz alta, mesmo que não me ouça, mesmo que não queira me ouvir. Em casa, a vidraça está cheia de caracóis escrevendo com sua saliva prateada. Caminham lentamente pela varanda até entrar pelas folhinhas das trepadeiras. Quase todas as ervas estão furadas e tocadas pela sua marca de espuma. Dei nomes aos caracóis, consigo identificar cinco deles: Wayra, Llanka, Qori, T'ika, Challwa. Assim mesmo, Chall-wa, essa palavra andina que você quis disputar comigo no dia em que nos conhecemos, lembra? Você tão suave, de carinha lavada, prometendo dias futuros.

Sigo os caracóis com os olhos, estou prestes a começar a me comunicar com eles. Pressinto isso, então. É que há dias em que acordo um pouquinho mais otimista e acho que eles me deixam sinais em outras línguas, como se cada ruptura, cada buraco fosse um sistema de comunicação tátil. E passo as mãos pelas nervuras das folhas. Tateio cada fenda com a ponta dos dedos.

Tudo na esperança de apalpar seu nome entre os pecíolos.

Mas, até agora, nada, ainda.

É por isso que falo assim com você, acho que a voz tem formas misteriosas de chegar ao seu destino.

Faz duas semanas que não saio de casa nem tiro o pijama. Meu estômago dói, mal comi. As Alguinhas batem na porta e deixam panelas com comida na entrada. O cheiro dos caldos impregna a casa, os aromas se misturam, densos. E nessa memória caseira, volto a ser a menina que acompanha sua awicha ao mercado e escolhemos olluco, coentro, huacatay, hortelã. Talvez você não conheça essas plantas, talvez não tenhamos tido tempo de conversar sobre ervas.

Mas não sinto nem um pouquinho de fome, como se a barriga fosse também o coração.

Uns dias atrás tentaram forçar a porta, mas eu gritei, gritei tão alto que se assustaram. Então as ouvi cochichar do outro lado, as Wapi, as Alguinhas, as vizinhas, ouço um *psst psst psst*, mas não consigo sair.

Não consigo ver ninguém, não quero conversar, não tenho coragem.

Esta língua se guarda, amor.

Inventei minha própria ilha, minha própria linguagem, sou uma ilha vazia.

Vazia de mim, de você.

Quero estar sempre em casa, atenta a qualquer sinal que apareça. Quero estar aqui quando você voltar e tocar a porta com sua mão, tocar minha pele, entrar de novo. Em casa, em mim. E ali, na soleira, com o macacão de sempre, te ouvir dizer para eu deixar de ser boba, que tudo vai ficar bem e que você trouxe um monte de mariscos para o povo da ilha. E que num piscar de olhos saiam mexilhões, amêijoas, navalhas, ouriços-do-mar, piures, até locos em período de defeso. E celebramos os carnavais da resistência chilquenha e tudo volta a ser como aqueles verões intermináveis, quando caminhávamos pelas ruelas deste pedaço de terra olhando o oceano.

Mas sua volta demora.

À noite, Pachakuti se deita em cima de mim, posiciona a cabeça peluda na cavidade do meu peito. Acho que ele tenta ouvir minha respiração, os gemidos engasgados no meu tórax. Há dias durmo mal, mas a vigília não é melhor. Tenho pesadelos assustadores no fundo do oceano, as águas estão cheias de mortos, Pascale. Os peixes predadores devoram seus olhos e um conjunto de águas-vivas bioluminescentes emerge da boca deles. Tudo apodrece no fundo do mar e se confunde entre as ondas. Tudo se transforma em substrato marinho, em pó de corais que os meninos teimosos engolem no verão. Engolimos mortos em vez de água salgada.

Os dias passam e o cheiro não sai desta casa nem de mim. Sinto que agora emana de todos os poros do meu corpo. Meu único ritual é tomar banho durante horas, esfrego a carne com sabão de roupa, tento fazer com que a água me limpe por dentro e por fora. Tomo chá verde como se estivesse condenada à morte para não dormir. Sua ausência é uma ferida animal no meu ventre. Não consigo nem chorar, Pascale. A neblina não permite descanso.

Tenho sua memória aqui, o peso do seu corpo sobre o meu.

Pascale, estou ouvindo um barulho. Alguém está se aproximando, Pascale.

"Não vou sair!", grito.

Suba, suba, suba o som da escada.

Pachakuti uiva na frente do corredor e arranha a porta com suas três patas.

Auuu auuuu auuuu, ele insiste.

"Já disse que não vou abrir!", grito outra vez.

A madeira range, sente a pressão dos passos.

"Não tem ninguém!", grito quantas vezes for necessário.

Do outro lado batem na porta. Respiro com dificuldade.

Sinto partes do meu corpo dormentes, com câimbras.

Alguém grita:

— Abree, filhaa. Ou vou derrubar a porta aos pontapéés, tá ouvindo?

Afundo no meu ninho de mantas, encolhida em posição fetal.

Curvada sobre mim mesma no chão.

— Não posso abrir, não consigo nem me mexer — digo, como um trapo.

Assim que termino a frase, a porta cai como um trovão. Meu coração sai pela boca.

Minha awicha, minha Rosita e minha Camelia entram correndo pelo corredor. Um raminho de flores selvagens. Minha mama killa da salvação. Elas olham para mim e depois umas para as outras com seus olhos brilhantes e pequeninos. E como um raio se jogam no chão, me abraçam até as vísceras. Nós transbordamos, emaranhadas, pele com pele.

— Tá vendo, euu saabia que você não devia vir, menina bobaa — resmunga a awicha. — E tudinho aqui tem um cheiro estranho, miafiaa. Não sei como você aguenta.

— Olha só o quanto tivemos de viajar pra te buscar, miafiaa — acrescenta Rosita, afastando o cabelo do meu rosto.

Tia Camelia fica em silêncio, começa a chorar baixinho, e Pachakuti lambe suas mãozinhas. Estou muito fraca, mal consigo respirar. Mas tento sorrir de volta para elas. Não sei se estou delirando, quem dera você estivesse aqui. Não posso acreditar que elas estejam aqui, na minha frente. Pressiono as pálpebras com força, mas não sai nenhuma lágrima. Eu sou um deserto.

De repente, ouvimos um alvoroço coletivo. Parece o clamor de uma multidão na rua. Gritos, alaridos. A balbúrdia ecoa de diferentes direções da ilha. Todas nos assustamos, ficamos quietinhas no chão. "O que é isso agoraa, Taytacha Inti?", diz a mãezinha. Os vizinhos gritam cada vez mais alto. O rumor parece uma tormenta. Ao fundo, uma música desce do topo das nuvens, uma mistura de instrumentos, distingo pifilka, trompe, kultrun. Um ritmo de vento e bronze que aumenta. A mami awicha se benze e faz o sinal da cruz na minha testa. Tia Camelia se levanta corajosamente de uma vez só. Ela vai até a janela e abre as cortinas com cuidado, os caracóis fogem. A luz me cega por alguns segundos, tento olhar, mas só vejo lampejos, fios de estrelas. Rosita a segue rapidamente, se debruça na varanda e dá um grito: "Venhaam, venhaam!", ela diz. A awicha e eu nos aproximamos devagarzinho, rastejando. O som aumenta sua vibração, sinto seu tremor por dentro, um eco agudo muda o compasso. Na praia, uma infinidade de tons brilhantes dança seguindo seu pulso.

*

Há um cheiro de fumo, de ervas.
E ali, no horizonte do mar, surge o impossível.
No brilho das águas, conto uma, duas, três.
Ouve-se um eco amplificado nas profundezas do oceano.
Pum-pum pum-pum pum-pum.
Sopros quentes sob o sol, nuvens de brisa.
Navegam imensas, nadam em círculos, sem medo da extinção.
Entre as ondas, três corações gigantes retomam suas batidas.

7. Material cartográfico

Matéria: Lâmina com carta náutica.
Instituto Hidrográfico de Bahía.
Ilha Chilco, 1954.

ÍNDICE

FONTES
Fakt e Heldane Text
PAPEL
Polén Bold
IMPRESSÃO
Lis Gráfica

FSC
www.fsc.org
MISTO
Papel | Apoiando o manejo florestal responsável
FSC® C112738